KB243791

화

파인

巴人 촌뜨기

1

더오리진

삼촌은 처음엔
멀찍이
구경만 하게 했다.

주머니에
있는 거
다 꺼내.

훌쩍
훌쩍

즉,
안전한 곳에서
구경하게 했다.

아빠가
생일 선물로 준
미제 연필인데…

씨밤아…
내놓으라고.

그리고 위험하지
않은 범위에서
조금씩 역할을 줬다.

망보다가 누가 오면
깡통 한 번 딱 치고
넌 튀어. 알았지?

즉, 안전하게
참여시켰다.

점차 지루해질 때쯤
딱 그것을
넘어설 만큼의
호기심을 채워준다.

30분 뒤에 여기
있어야 한다. 알았지?
리어카는 니가
책임지는 거야. 알았지?
어떤 수를 써서라도
만들어 와. 알았지?

빨리!

빨리!

즉, 안전한
주도권을 쳤다.

이렇게 위험에 대한 공포와 스릴감이
묘한 시소게임을 펼치다
어느 한쪽이 우세하게 되는데

넌 저 새끼
대가릴 까고
우린 다른 놈들
오기 전에 물건을
싣는 거야.

범죄는 전혀 다른 체험이 된다.

그냥 묶을 걸
그랬나?

'인솔된 숙달 과정'

이것이 소년원에 들어가 알게 된
범죄자로서의 문턱을 넘는 일반적 형태다.

어릴 때부터 삼촌 자리는
바로 알아낼 수 있었다.

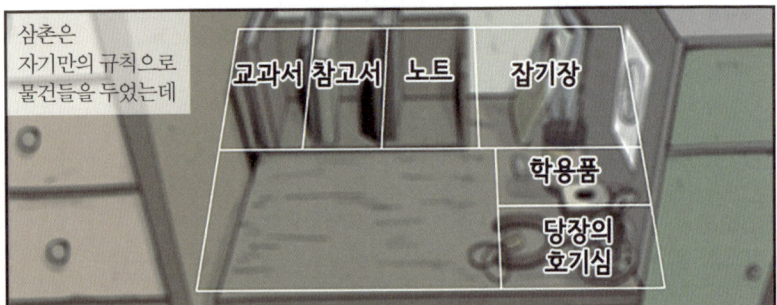

삼촌은
자기만의 규칙으로
물건들을 두었는데

교과서	참고서	노트	잡기장
			학용품
			당장의 호기심

마치 지정석이라도 있는 듯
물건들은 '그곳'에 있었다.

물건이 늘어나며 자리가
비좁아지고

지우개 가루 등 먼지가
구석구석에 쌓이자

책상을 치우기보다

공연를 접었다.

아주 갸름했던 삼촌의 턱이

나이를 먹으며 꽃이 만개하듯
활짝 펼쳐지자

그 외형의 박력이
상당했는데

덕분에 삼촌의 학창 시절은
매우 불행했다고 한다.

손! 손!
손모가지
뿌라진다잉!
치아라!

삼촌은 공부를 접으며
자신의 두뇌에 대한 배려로

일지 쓰기, 메모,
금전출납부 기록 등등에
집착했는데

그것이 꽤나
자세하고 정확하여

:30 세명

470원 강

뷰빠ㅇ

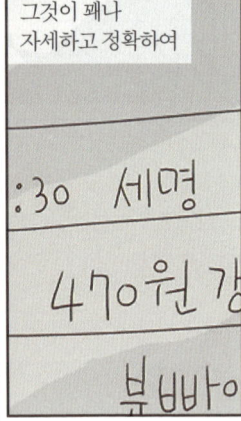

스스로 범죄를
고백하는 결과를 가져왔다.

사실 삼촌은 싸움을 잘하거나
결코 좋아하지 않는다.

하지만 외형의 박력에 상대는
일단 피했고

박력에 맞서는 뜻밖의 상대에겐

툭-

아~ 시바…

뭘 봐…
십새끼야!

꽤 저항할 정도의 경험적 배짱은
갖고 있었다.

영등포
안 살았어요?
시장 쪽…
아닌가…?
그럼 능곡…

삼촌은 내 진로에 대해서도
주변 어느 누구보다 깊은 관심을 보였다.

아마도 철부지를 데려다
소년원이나 들락거리게 만든
자책감이 작용했으리라.

아버지는 소년원
출입 이력으로
내 취직은
난망할 것이라
일찍이 파악했고

결국 내 직업은
넉넉지 못한
집안 형편상
밑천 안 드는
일이어야 했다.

술 떼다
팔아라.
가짜 양주
크게 파는 놈
안다.

용달이라도
있어야
하잖아요.

이것저것
다 돈 드는 거
천지네요.

여자를 후려.

이 얼굴로
무슨 여자를
후려요~

푸
하하하

넌,
턱이 없잖아.

펼쳐진 턱이
삼촌의 콤플렉스란 걸
알게 된 건 보너스…

하지만 여자를 통해
돈을 벌기란 만만찮았다.

애써 머리까지 길렀건만
작업 중이던 여자 두 명의 고소로
유치장 신세를 지고 돌아온 어느 날…

삼촌이 내 방에 와 있었다.

어디 후릴
여자가 없어서
대학생 후릴
생각을 해?
멍청한 놈.

처음부터 알았나~
그리고,
여대생은 왜 안 되는데?
가시내가 그게 그거지.

이런
모자란 새끼!

생각을 해 봐!
제 돈 갖고
쓰는 애하고
애비 돈 타서
쓰는 애하고!

누가 더 수월하게 지갑을 열겠냐?

둘 다 안 엽디다!

그리고 니 대가리로 여대생이 씨부리는 말을 알아듣기나 하냐?

중학교 간신히 졸업한 주제에…

그러니까 유치장이나 드나드는 거야, 이 자식아.

니 주제를 파악하고 상대편의 배경을 알아낸 뒤 목적을 갖고 접근해야지.

무조건 잘해 주기만 한다고 가시내가 아이고~ 서방님~ 내 돈 다 잡수소~ 하겠냐, 이 말이야!

하~
고년이
그리 응큼할 줄
누가 알았겠냐고요.
신고를 다 하네…

미련한 놈아.
니가 사랑을 주니까
그런 거지!
그럼 상대도 사랑을
줄 거 아냐.
근데 결과(결혼)를
안 만들어,
이 남자가.

그럼 널
찬찬히
파악할 거
아니냐.

그러다 탄로 났나 보네.

그러니까
왜 '사랑'을 주고
시작하냐고.
일을 하라니까
왜 연애를 하려고
지랄이야.

꼬시려면
사랑을 줘야죠.

여대생 머리가 보통 머리겠냐고!
너 발가벗기듯
다 훑어봤을 것이다.

어이구, 등신.
어이구…

왜요~

주는 '척'을 해야지,
주면 되겠냐,
이 멍청아!

탕탕

숙

이렇게 어깨를
보듬어 안을 때도
니 마음속이
콩닥거리면
안 된다고!

아~ 여자
살냄새 맡으면
혼이 나갈 것
같아서… 머리가
안 돌아가요.

그래서~!
여대생은
안 된다는 것이다,
그 말이여!
공부한 머리가
여간하겠냐고!

하… 끌고 가긴
잘 끌고 가는데…
막판에 어그러지네, 꼭.

그러지 말고,
너 나랑
어디 좀 가자.

어디요?

누구 만나기로
했는데,
같이 가자.

근데 제가
왜 같이
가요?

삼촌이
일하는 것 좀 보고
배우라고, 이놈아!

아우…
피곤하게 증말…

이런 엽차 잔 하나에 얼마나 할 것 같은가?

50원 정도 하겠지요.

요건 얼마나 할 것 같은가?

딸각…

아따~ 형님, 나 이런 문답 놀이 열심히 싫어한다고 말씀드린 것 같은디…

문답 놀이가 아니고…

이게 3만 원짜리야. 3만 원짜리.

예~에?

상감청자라고,
이것이.

상감청자요?
말이야 들어 봤지만…
실제 보는 건
첨이네요~

이야…
이게 그렇게나
비싸요?

자네 요즘
뭐 하고 지내나?

저야 뭐…
이것저것 하고
있지요.

참, 삼촌의 직업은
일정치 않다.
아니, 일정치 않다기보다
설명이 좀 필요하다.

뭐랄까. 누가 이러이러한 일을 해야 해서
요러 저러한 사람과 공간과 돈이 필요하다면
그것을 맞춰 주는 일이랄까?

가령 장사를 하려는
사람에게 가게 자리를
알아봐 주고 급전을
융통해 주고 종업원을
소개해 주는 식이다.

1년쯤 후 그 가게가 안정되면
다른 사람에게 소개해
웃돈 받고 넘겨
중간이득을 취한다.
물론 원래 가게 주인의 의사는
묻지 않는다.
대체로 그렇다.

그래서
하실 말씀은
뭐요?

저~어기 신안군에서 말이야.
요즘 그릇이 몇 개
그물에 걸려 올라왔는데…

돈이 좀 된다는
소문이
있더라고…

그릇 배달해 달라고요?
에이~ 사장님,
인사동에서 장사하면
거래하는 사람
있을 거 아닙니까?

배달이 아니고…
물속에 있는
그릇들을
꺼내다 줬으면 해서.

일 보는데
드는 삯은
미리 절반
줄 거구먼.

자네가
일 만드는 건
제일 아닌가.

어이구~ 얼마나
귀한 그릇이길래
그 고생을 하면서
꺼냅니까?
거기 완전 뻘밭일 텐데.

귀하기는.
내가 하는 일이
골동이라
그저 주워 오려고
하는 거지.

얼마나 주실랍니까?

10만 원
먼저 주겠네.
나머지는
일 끝나면
주도록 하지.

배 한 척 구하고
잠수부 사고
어비 하면
적당할 거야.

그리고
이 친구를
데려다 쓰게.

내가 데리고
있는 친군데
일 잘해.

틱

어~ 뭐요?
사장님 사람 하나
박아 넣는 거요?

20만 원 갖고
그러실 분은 아니겠고…

그 그릇이
장난 아닌가 봅니다?

이 친구 차~암.
일을 하려면
나랑 자주 연락도
해야 하니까
내 손발이 돼 줄 놈이
필요한 거 아닌가.

내가 자네를
내 조수로
쓸 수는 없지~

어허허허

그렇지요.
그러면…

내가
자네 오야(대장)가
되는 거구먼.
맞지?

틱

오야지를
그런 눈깔로
보면
안 되지‥

삼촌은
어지간한 눈빛에
기죽는 사람이
아니다.
스스로의 표정에
자신이 있다.

어허~ 왜 이랴.

참고로 부연할 것 같으면
저~기 함안군청장배
아마 복싱 3등에,
5키로 단축 마라톤
우승자라네. 발이 아주 재.

복싱을 해서 그런가.

눈이 아주~
심기를
건드는구먼.

악!

폭

아아아…

나 오희동이다.
넌 내 다음이고.

나도 내 식솔 하나
챙겨야겠습니다.
사장님이 너무 조심하시니까
나도 막 조심해 버려야지.
참고로 이놈은 보고
배운 것 없는 놈이요.

삼촌의 자도 편답이 아니었으면
벌써 건달이 돼 있을 거다.

아아아…

삼촌에게 일을 부탁한
송 사장은 인사동에 자그마한
점포를 하나 갖고 있다.

도자기 몇 점이 형식적으로
매매를 차지한 그곳은

실상 고미술품 밀거래의
작은(꽤 실속 있는) 통로였다.

인사동 대로에서 한갓진 골목 안에 위치한 이 점포는
취객이 노상 방뇨를 위해 들어오는 일 말고
용건 없이 들어오기엔 귀찮은 곳에 위치해 있다.

삼촌은 종종 송 사장과 이런저런 일을 나눠 했었는데,
인사동 토박이 송 사장에게 여차저차한 사연이 몰려
일감이 꽤나 성했기 때문이었다.

하지만
그릇(도자기)과
관련해 송 사장이
일을 부탁한 것은
처음이었고

더구나 남의 지시를 받는 게 싫어
잘 모르는 일은 하지 않으려는
삼촌에게 이 일을 넘긴다니.

우리 집에 가서
밥이나 먹자.

됐어요~
집에 갈래요.

자식아,
같이 사업에 대해
고민을 해 봐야 하지
않겠냐고.

고민까지 해야 할
일이에요?

삼촌 집에 가는 건
꽤 불편한 일이다.

밥이나 먹고
가라고~

삼촌에겐 중학교 1학년 아들과
국민학교 5학년 딸이 있는데,
식전앤 늘 삼촌의 일장 연설이 있었고,
그 연설은 나까지 불편하게 만들었다.

수많은 사실의
왜곡과 기억의
날조로 이뤄진
연설은 자못
교훈적이기까지
했는데

이런 점수 보자고
6·25 때 헤엄쳐서
한강 다리
건넌 거 아니라고.
(사실 당시 7세)

듣고 있는 나까지
자책감에 빠지는
것이었다.

쓸모 있는
인간이 돼야 해!
도라이바가 딱 꽂힐
나사 같은 인간!

하지만 정말 불편한 것은
꽤 긴 시간을 들여 하루를 정리하는 때이다.

아이들의 성적부터
오늘 하루 있었던 일을
촘촘히 메모하는 시간이다.

삼촌.

응?

이야기는
언제 할 거요?

기다려.

아이들이 자리에 들면 책가방을 열어
다음 날 시간표에 맞게 준비가 다 됐는지 검토한 후
일과를 끝낸 듯 돌아앉는다.

어이,
술상 좀
봐 와.

숙모, 안 먹어요.
오밤중에
뭔 술상이에요~

쭈욱 마셔.

챙-

예~

벌컥 벌컥

캬아~

지금 마시는 이 술이 당분간 마지막 술이라고 생각해라.

왜요?

아무리 생각해도 송 사장이 부탁한 일이 간단치 않은 일 같아.

와삭

와삭

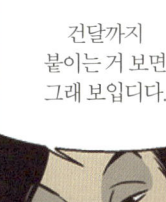

건달까지
붙이는 거 보면
그래 보입디다.

건달이 문제가 아니라
직접 그릇을
건져 달라고 하잖아.

꿀 꿀 꿀

그것도 나한테.

그게
뭔 말이겠냐?

선수들한테
들키면
안 된다는 소리지.

뺄 놈들이
노가 날지
모르니까.

그러한 계산으로
접근해 보면 이게 꽤나
뼈근한 일이 될 거란
계산이 나온다 이거다.

그래서 건달까지
붙인 거군요.
삼촌 감시하게.

그래서
니가 중요한 거야.
술도 당분간
끊으란 거고.

내가 왜 중요해요?
그릇 캐서
갖다주면 되잖아요.
저놈이 그릇 캐는 걸
막겠어요?

임마,
삼촌이 고작
20만 원짜리
일 하러 지방까지
뛰어다니는
사람으로 보여?

에헤~
삼촌… 그러면…?

바닷속에 그릇이
몇 개 빠져 있다고?

모르죠, 그건.
누구도 모르겠죠.

그러면 된 거지.
이제 셈 나오냐?

아…
빼돌린다고?
그 건달
보는 데서?

그놈은 니가 맡아.
그러니까 술 조심하고.
취해선 아무것도
못 해, 임마.

삼촌은 즉시 나에게
밀령을 내렸다.

뿌아아앙

목포에 내려가 삼촌의
9촌 조카(거진 남이다.)가
소개한 사람을 만나
신안 일대 발굴됐다는
그릇에 관한 소문을
듣고 오라는 것이었다.

철컹

철컹

9촌 조카(거진 남)가 소개한 다방 사장이
선장을 소개해 줄 테니 그 사람과
이야기를 나누라고 하였다.

철컹

철컹

나중에 그릇 건지러 갈 때 역시
그 선장의 도움을 받을 것이라고 했다.

철컹

철컹

사장님? 사장님?
곧 오실 건디~
차나 한잔하믄서
기다리지.
서울서는 뭐 주로 마셔?
코피지? 그지?
코피 주까?

이 여자가 삼촌이 말한
9촌 조카(거진 남)가
소개한 사람이 아닌 건
정말 다행이었다.

어머,
사장님은 벌써
오시네잉~

네?

내가 아조
개로아(괴로워)
디져 블겄어~
언제 갤치(가르쳐) 가꼬
돈 벌어 묵을까이~

아…

이 여자가 삼촌이 말한…
9촌 조카가 소개한 사람이 아닌 건…
정말 다행이었다.

선장?

다방 마담은
많은 말을
빠르게 했고
의외로
내용이 적은
말투를 지녔다.

거시기 긍게 뭣이냐,
말하자믄 선장은… 에…
선장은 거시기 집에 있을까…
녠장, 그것을 내가 알믄
점집이나 차리지
뭐 덜라 이라고 살겄어~

저…
그럼 어디로
가면 선장님을
만날 수
있을까요?

어디 가 있겄소.
밥때 되얏으니
어디든 처박혀
깜밥(누룽지)에
물 말아 먹고 있겄지.
깜밥을 좋아라 해,
그 양반이.

댁으로 찾아가면 될까요?
댁 위치 좀…

우리 집엔 면사무소 주사마냥
출근하데끼 오니께
여그 있소. 차나 팔아 줌서.

언제 오실지도
모르고…
여기서
기다리기엔…

지가 해 지믄 오것지!
얼매나 기다린다고…
점집에 길 물으러
들어가면, 하다못해
명줄이라도 보고
나오는 것이구먼.

서울서는 그럽디여?
선장 소개해 달람서
고맙도 안 해?
차 한 잔 팔아 줘 바~

후...

종종 이런 곳에 왜 있을까
싶은 것들이 있다.

저런…

물건 같은 경우도 그렇다.

이런 일 하기엔
감도 없어 보이고
눈치도 없어 보이고

눈썹도,
머리도 없다.

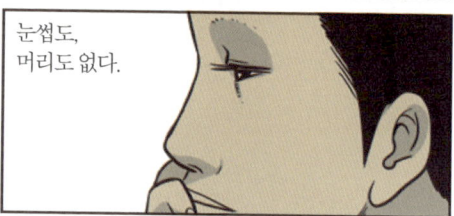

여기엔
왜 있는
것일까?

2, 3, 3.

커피 맛있네요.

달게 먹네?

선장님
오시긴 해요?
언제까지
있어야 하지?

온다.

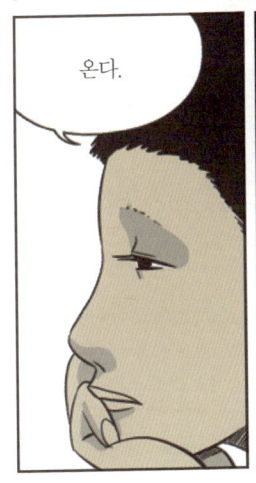

딸
랑

선장'들'이 들어왔다.

저벅

저벅

끼이익

은밀한 부탁이 몇 단계를 거치며
한가한 동네 모임처럼 된 것이다.

요즘 신안군 근해의
바다낚시를 화제로 시작해
암해도의 고분 도굴로
이야기를 이어 갔다.

그리고 신안 앞바다 보물선까지
자연스레 이야기가 옮겨졌다.

니미, 그릇인지
도자긴지 어찌 아냐고.

원래 그물에
그릇 딸려
올라오는 거
우린 안 좋아해.
재수 없다고, 그거.

누가 몇 개 걸려
올라오니께 광주에
가져가서 팔아 봤나 봐.
근디 거기서 완전
눈까리 디비진 거지.

아니랑게.
선장 최씨가 그릇을
건져서 신경 안 쓰고
던져 놨는디 동생 놈이
갖다가 군청에 보여 줬댜.
고려청자 아니냐
고거지.

근디 군청 직원은
니미, 먼 이 촌 바닥서
고려청자냐.
조 까라 마이싱
하믄서 씹어 부렀재.

그란디 워디서
소문을 듣고 서울서
그릇 장사하는 놈이
내려와서 그 그릇 좀
봅시다 해서
봤는디 맞더랴.

이거시
정확한 사건과
실화여.

아따,
자네 언변이
솔찮시?

아따~
야리요?

뭘 처먹었길래
배배 꼬였어?
야리기는.
내가 니 야릴
군번이여?

지난번 우리 효동이
배 좀 태워 달랐더니
애를 삐꾸로 맹글어
보내요~?
성님 자식 같었으믄
그리 혔겄소?

너 아조 말씀을
기똥차게 꼬아 븐다잉~
시버릴 놈아, 니 새끼
니 배에 안 태우고
나헌티 보낸 게
잘못이지.

말씀 다
하셨습니까,
김.선.장.님?

다 했다,
박.선.장. 새끼야.

요즘 거그가
한창 도굴 철일 거요.
여기저기서
소문 듣고 온당게.
할라믄 후딱
허쇼잉.

니 그물
확 젓어 블라!

그럼 전 이만…

"그래서 이 일은 영양가가 없다…
이거냐? 기껏 목포까지 가서
알아 온 게 이 정도야?"

아저씨…

서울…
어찌요?

"아뇨…삼촌, 이 일은"

좋소~?

"꼭… 해야 한다는 거죠."

그릇 발견됐다던 섬 말입니다.

그쪽 사람들 몇이 그릇 꺼내려고 나섰대요.

그런데 이게 돈이 좀 되는구나… 하고 생각하는 정도지, 노 났다고까지는 생각 못 하더라고요.

그럼 다행이고…

쭈욱

송 사장님도 긴가민가한 상태 아닌가 싶은데요.

그럴 수 있지. 그래서 나도 계속 확인해 보는 중이야. 할 만한 일인지.

일이야 하면 되죠~ 꺼내 달라는 그릇 꺼내 주면 되잖아요.

가서 그릇 꺼내 주면 삼촌한테 8, 9만 원은 남겠구먼. 해요~

쑥

목포 커피 맛도 좋고~ 놀다 오기 딱이겠던데.

목포 가서 회 말고 커피 맛나단 놈은 또 첨이네.

아무튼 송 사장한테 가서 몇 푼이라도 더 뜯어내자. 혹시라도 돈 안 되는 뻴짓이면 심부름값이라도 두둑해야지.

송 사장~
송 사장~

송 사장~

아~ 이 양반 어딜 갔나.

어이구~
한 사장님~
잘 지내십니까?

관석이 아닌가.
송 사장 어디 갔는지
모르겠나?
점방 안 지키고
어딜 갔는지
모르겠네.

어쩐
일이신데요?
급한
일이십니까?

어~ 별거는
아닌데…
뭐… 이따 다시
와 보지, 뭐…

아…
그래요~?

그럼 또 보세잉~

갔나?

네.

망봐라.

어허… 이 그릇이
그 그릇인가…
심히 의심스럽구먼.

천 회장이라면…
어디 보자…

삼촌은
한 번 거래를 트거나
인사를 나눈 상대를
잊는 법이 없다.

천… 천…
천… 회장이다,
이거지…

천…황식…
금정 산업
회장…
딱 한 놈
걸리는데…

2월 4일.
종로에서…
명동 다방…
송 사장이… 맞아…
그때도 그릇을
서너 개 건넸지.
그릇 좋아하는
양반…이야.

송 사장이
입질 제대로 왔다고
좋아라 했는데
물건이 부족하다며
속 끓어 했지.

20만 원
들여 한 개만
백에 팔아도
80이
이문이네.

지가 노 나고
있었구먼.

야… 이거
20 먹고
떨어졌으면
배 아파 뒤져 버릴
뻔했겠다.
내 감이 맞았어!

송 사장님~
사람 이리 섭섭하게
하시고…
어쩌려고 이러시나요~?

다짜고짜 무슨
소리인가?

그동안
우리 우정을
담은 거래가
나이롱이
되어 버렸습니다.

아, 알아듣게
이야길 하자고!

신안에서
가져올 그릇,
싯가 얼마입니까?

이 친구야,
물건을 보지도 않고
뭔 가격부터
따지고 그래?

소문 파다해요!
그릇 몇 개 나온 거
노났다고!

그래서 나를 보내는 거 아닙니까?

이렇게 후리려고 그동안 신뢰를 쌓은 겁니까?

나는 그동안 믿고 거래해 왔으니까!

이 사람… 길에서 왜 소릴 지르고 그래. 어디 들어가자고. 어서!

바락 바락

어허~ 손 놔요!

자초지종이 어찌 되었든 내가 자넬 꽁으로 쓰는 것도 아니고…

쓰다니! 내가 물건이요!

어허~ 소리 좀 낮추라고!

탕 탕 탕

솔직히 거기서
건져 낼 그릇이
제값을 할지
안 할지 장담은
못 하는 거고
나도 어찌 보면
눈 감고 투자하는
셈인데 그리 몰면
섭하지.

그게 섭하면
난 섭해서
죽어 버린답니다.

이 친구야.
20만 원이
뉘 집 개 이름인가?
나도 꽁으로만
하는 거 아니란
말이지.

천 회장한테는
어떻게 팔려고
했소, 그럼?
확신도 없으면서.

에헤이~ 천 회장까지
알아 버렸네, 젠장~

다 까고 이야기합시다.
우리가 그동안 걸친 술이
몇 잔인데 정말 섭한 꼴
보고 싶습니까?

사실 신안서
진품이 나오건
가짜가 나오건
상관은 없어.
다 사 주기로
했으니까.

저… 그럼
그렇지!

그 양반한테는
감쪽같이 몇 개
진품으로 해 놨어.
여섯 달을 공들여 놨지.

몇 개 팔기로
했소?

수량을 짐작할 수
없으니까, 일단
나오는 대로…

그러다 조금밖에
안 나오면?

그러면
또 수가 있지.

뭔 수요?

신안서 그릇이 종종 나온다는 소릴 듣고 모종을 좀 심어 놓은 게 있어.

흔히 우리들 말로 '담근다.'라고 하는데 서해안 어디에다 그릇 이삼백 개를 담가 놨어.

그러면 조개고 따개비고 붙는다고. 적당히 낡아 보이지. 6개월 정도 넘은 건 이삼백 년은 그냥 먹어 보여.

수량이 안 채워지면 그걸로 대체한다?

그렇지. 그래서 어쨌거나 수량은 맞게 돼 있어.

아니~ 기왕 사기 치는 거 처음부터 그것들 팔면 되잖소?

이 친구야. 사기를 치려면 뭐가 가장 중요한 줄 알아?

거짓말? 말재주?

절래

절래

'진심'이
가장 중요해.

책상 위에 물건 놓고
'이건 신안 앞바다에서
건져 올린 물건이다!'
라는 것에 스스로
정직해져야 하는 것이지.

그럼 담가 둔 가짜들은
어찌 팔아요?
양심에 찔려서.

그것들은 궤짝에 넣어
통으로 넘기는 거지.
눈에만 안 보이면 돼.

그래서 눈에 보이는 곳에서는 진품이 있어야 한다?

사람과 사람이 앉아서 이야길 나누다 보면 구라 치는 거 금방 들키거든.

내가 지금 자네한테 구라 치는 걸로 보이나?

아뇨.

그렇지. 진심이니까.

송 사장님, 이렇게 합시다.

어떻게?

일을
좀 키웁시다.

나도 듣는
귀가 있어서
좀 알아봤는데
거기 심상치
않답니다.

이 친구…
뒤로 다 수작질
한 거 아닌가?
어허~
이 친구…
눈 좀 보세!

먼저 주우면
임자랍니다.
값도 상당하고.
20만 원으로
할 일이
아니란 거요.

아예 사람 몇을
확실히 사서 일을
하자는 말이요.

작은 거 혼자
자시는 것보다
크게 해서
나누는 게
더 남는
장사일거요.

음...

그럼 자네가
사람 좀
모아 볼 텐가?

머리는 없어.

근데 애는 착해.

하아   하아···

재능이랄까···
그런 건 없어.

근데 애는
무쟈게 착해.

하아

하아

성격적으로 남하고 쉽게
지내는 편은 아냐.

그래도 걔 나무랄 거 없어.
겁나 착한 놈이거든.

식성이 좀 세.
술하고 고기를 여간 좋아해야지.
그래서 통풍도 갖고 있지.

술값, 고깃값으로 빚에 기는 건
그놈밖에 없을 거야.
그래도…

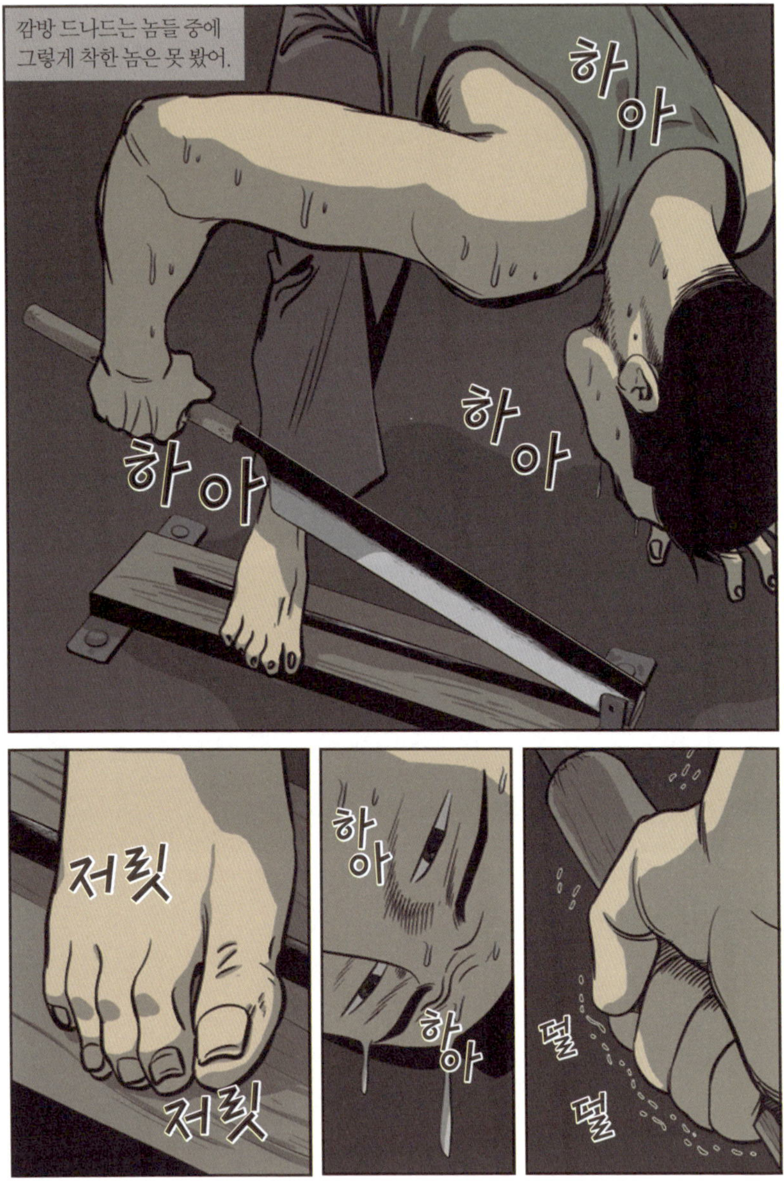

깜방 드나드는 놈들 중에
그렇게 착한 놈은 못 봤어.

하아

하아

하아

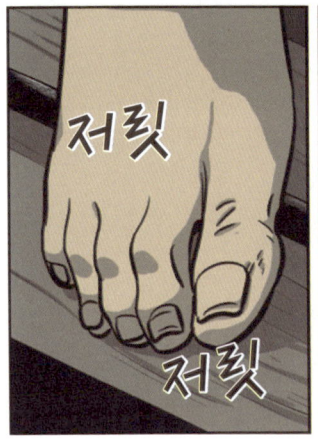

저릿

저릿

하아

하아

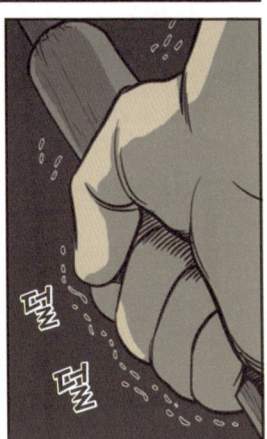

떨

떨

벌렁

내가 함안에 그릇 사러 갔을 때 저놈을 처음 봤는데 함안군 장터에서 열린 권투 대회였지.

시합을 해야 하는데 어떤 체급에 선수가 둘밖에 없는 거야. 군청 사람이 옆에서 구경하던 대식이한테 선수로 뛰어 보지 않겠냐고 했지.

애가 착하니까
'아… 이 군청 사람이
곤란에 처했구나…'
하고 생각했겠지.

선수 두 명을 봐도 자기가 질 것 같아
보이진 않았을 거고.

아, 글쎄, 시합이 시작됐는데

땡-

밭이 참말로 재드라고!
몇 평이나 된다고
그 좁은 데를 여기저기 쑤시고
다니는데, 상대편이 잡지를 못 하.

식!

식!

쿵

쾅

쿵

쾅

식!

가지런히. 가지런히.
오~옳지.
숟가락 돌리고.

딸그락

차~암
착해.

...

...

자네, 희동이? 오희동이?
자네 스물넷이라고 했지?

우리 대식이가
올해로 스물여덟?

스물여섯
입니다.

찡긋

착해! 응?

이제 같이 일해야
하는디 잘 지내 봐.
눈깔 그만 파고.

잘… 지내자.

예…

까
딱

삼촌이 오야를 한다. 송 사장은 경비를 대고
물건을 중개인에게 연결한다.
송 사장 친구 한 사장이 나까마(중간상인) 역할을 한다.
나와 나대식은 가다(어깨)와 데모도(조수)를 겸한다.

다 좋은데…

송 사장의
전향이 못내 걸린다.

칙

어차피 일로 만난 사이에
그만 틀어 버려도 욕 한 번
먹고 끝날 일을

후

대단한 의례를 드러내며
진행하고 있다.

신경을 거슬리게 하는 것은
나대식의 존재다.

나와 역할이 겹치는데도
(경비가 추가됨에도)

소주…
글라스 하나.

송 사장은
나대식을
끼워 넣는다.

쭈욱

대낮부터
소주요~

송 사장의 속은
아직 다 드러난 게 아니다.

쟈가 술만
끊었으면
훨~씬
더 착했을
것인디…

곧 나까마 역할의
한 사장이 들어왔다.

금정 산업 회장 천황식에
대한 설명이 이어졌다.

천황식이는
장사해서
돈 많이 버는 게
최종 목적이
아냐.

정치라도 할 생각인가?

그것도 아니고,
천황식이가 가방끈이
아예 없거든.

국민학교도
안 나왔소?

다니기는 했는데…
쫑(졸업장)이 없지.
해방이 되면서
좌익들 피해
남한으로
내려와 버려.
그 집안이 전부.

내려와서 보니까
서울도 한심하긴
매일반이고,
근데 자세히 보니
돈 만질 구석이
보이더라는 거지.

이 애비가 보기에
서울은 움직이면
다 돈이었던 거지.
구두도 닦고,
신문도 팔고…

온 식구가 눈 뜨면
집 나가는 거야.
한 놈은 똥장군 하고,
한 놈은 넝마주이 하고,
천황식이는
구두통 들고 나가고.

거 뭐시냐,
한국동란 때
부산으로 가서는
미제 물건 떼어다
팔아서 쏠쏠했나 봐.

천황식이는
수완이 남달랐는지
그때 미군들 여럿 사귀면서
미제 물건 수입을 시작했어.
글은 못 써도 영특해서
입으로는 영어가
하이웨이라고.

다섯 형제 중 셋째인데
애비가 천황식이한테
자기 가게를 물려줘.
그게 금정 산업의 모체인
금정 비니루라고.

겁나 성공했지.
천지에서 비니루 쓰고
있었으니까.
운도 좋아서 둘째가
일본서 노깡(하수도관)
만드는 일 하고 있었는데
여기서 건설 붐이 일어 버리네?

잘되려면
그런 거지.
감 없이
노력하는 놈은
처자고 있는
감 좋은 놈
못 이긴다고.

후룩

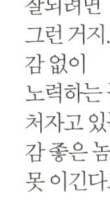

딸깍

딱 눈 뜨면
사과가
떨어진다니까!

이렇게 시업이
번창하면서
직원도 많이 쓰고
하다 보니
전에 없던 고민이
생겨난 거지.

뭐 고민요?

지가 샤쬬(사장)인데 부쬬(부장),
지쬬(차장), 카쬬(과장)가
전부~ 지보다 공부를 많이 했어.
이것들 말을 못 알아처먹어.

그래도
감 좋은 사람이
장땡이라면서요.

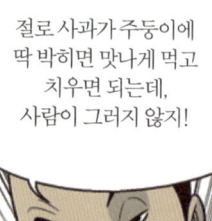

절로 사과가 주둥이에
딱 박히면 맛나게 먹고
치우면 되는데,
사람이 그러지 않지!

옆을 스~윽 본다고.
나보다 맛난 거
먹는 놈 없나~
하면서.

있는 놈 없는 놈은
싸움이 안 되는 게 그 이유야!
간텐(관점)이 달라 버리거든.
사과만 보는 놈하고,
딴 거 뭐 먹나 보는 놈하고.

옆을 봤더니…

아~주 길고 긴
가방끈들이
보이더란 거지.

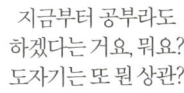지금부터 공부라도
하겠다는 거요, 뭐요?
도자기는 또 뭔 상관?

천황식 마누라가
때마침 죽고
재취를 들였는데
그 여자가
가방끈이 좀 길어.
여상까지
나왔지, 아마.

그때 당시 사립대학이
상아탑이냐 우골탑이냐로
겁나 시끄러운 때였는데,
관보 대학생이다 뭐다
정원 외 학생 문제로
복잡했거든.

나라에선 열 명만
받아라 했는데
열다섯을 받고 뭐라고 하면
"나라에서 학생 수요 예측을
잘못한 거 아니요?
인정해 주쇼!"
하고 땡깡을 써 버렸다고,
사립들이.

그때 천황식이 새 마누라가
딱 보니까 놋돈 얼마만 걸면
노가 나겠거든?
얼른 서방한테 야발을
떨었겠지.
학교 만들자고.

톡 톡

77

학생들 등록금에다
정부 지원금에다
눈 뜨면 사과가
아니라 금이
떨어진다고 했겠지.

그 아줌씨
세네.

그러면서 천황식이가
대학 하나
만들려고 보니까
그 일을 하는데
'의의'가 있어야겠거든.
왜냐면 하~도 옆에서
야지(조롱)을 놓으니까.

그래서 시작한 게 골동이야.
골동 박물관.
고상한 교육 사업에
걸맞은 그림이 필요한 것이지.
그리고 돈도 되고.

어째 이야기가
나이롱 빤쓰도
아니고
그리 끝납니까?

나야 역사를 이야기한 것이지
천황식이가 왜 그리 한 것이냐
묻는다면 재판을 걸 수도 없고
어째야 할까?

그나저나
천 회장은 왜 그렇게
사들이려는 겁니까?
그 많은 걸.

골동을 하다 보면
처음엔 눈 닿는 대로,
손 가는 대로
수집하게 되는데

그러다
스스로 질서를
부여하게 돼.
어느 정도 통일성을
기한다고 봐야겠지.

그런데 골동 수집을
잘못 배우거나
지나치게 수익 위주로
시작하다 보면
수량에 집착해 버려.
천 회장이 그 짝이야.

개당 얼마니까
총 얼마겠구나…
이렇게요?

그렇지.
천 회장은 박물관을
만들고 싶어 하는 바람에
수량이 필요하거든.

아… 지랄…

대학에 박물관 있으면 기마이(호기)나 좋~지!

호구는 제대로 잡은 거 같은데요?

아냐… 찜찜해…

천 회장이 문제가 아니라…

도가타(노가다, 인부)들 서른둘 되고요… 총 4만 2,526원 들었습니다. 구루마(손수레) 새로 구입한 게 다섯 대로… 1만 3,235원

會長 千昊湜

도란스 열 대
3만 4,500원.
이상입니다.

맞아요.

됐어. 가 봐.

예…

자기, 문교부에서
허가 언제 나온대?
가서 식사도 하고
그래라~
달랑 봉투만 돌리면
성의 있어
보이겠어~?

이 사람아,
기다려 봐.
먼저 우리 쪽 폼을
만들어 놓고.

돈만 들고 찾아갔다간
허가고 나발이고
나가리 될 수 있어.

또 박물관
이야기예요?

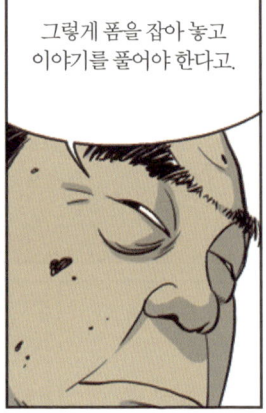

그렇게 폼을 잡아 놓고
이야기를 풀어야 한다고.

그새 마누라가
여간내기가 아니라고…

나도 좀
보여 주면서
하시는 겁니다,
응?

그나저나…

저 친구
술 계속 마셔도
되는 거요?

어허이~
우리 대식이
발동 걸렸냐~?

뭐~ 뭐~
술버릇 중에
제일이
자는 거다.
뭐라~

저희도
영업해야죠~

어머,
이 오빠
자나 봐~

자는 게
싼 거다,
이것아.

네?

자~ 일단
다시 모일 테니까
이번 주까지 처리할 일
미리미리 해 놓읍시다.

끼
익

나대식이…

네.

저거
골치겠는데.
딱 감이 와…

송 사장은 저런 놈을
왜 악착같이
쓰려고 할까요?
엄청 두둔해 가면서.

내 짐작이
맞다면…

적어도 송 사장
본인과는
1촌 이내의
관계일 것이다.

툭

쿠욱

쥽

튀

툭

튀
툭

튀
툭

에이… 시…발…

좌아아아

어마~
이 손님
오줌 싸요!!!!

아이고~ 대식아!
정신 올라온 김에
변소에 갔으면
좋았을 것인데,
여간 급했냐~?

좌아아아

이 봐라…

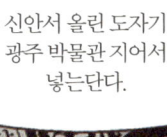

신안서 올린 도자기
광주 박물관 지어서
넣는단다.

국립
광주 박물관
기공식이
광주시 동구
매곡동에서
열린다고.

벌써 8,000점이나
건져 올렸네요.
더 있을까요?

그릇 8,000개
가지고 뭐…

적은 숫자는
아니지 않아요?

우리 공장 가 봐~
곤로(화로)가 몇천 개구면.
밥그릇 수천 개가
뭐 많다고…

그런가…?
하기사 그 복잡한 곤로도
팔려면 몇천 개 쌓아 두는데…
그릇이야, 뭐…

근데
곤로는
물건값이
딱 있잖소?

그렇지.

근데 그릇은
부르는 게 값
아녜요? 그릇
살 땐 꼭 저하고
같이 가요,
아셨죠?

후-

어허~
알았다니까.

전 사기 치는 애들
딱 알거든요.

냄새가 나, 냄새가.
비릿비릿한 것이.
딱 알지.

어찌 알아,
자네가?

껄
껄
껄

어허허~
전 신랑이
생선 장수라도
했었나 봐.

뱃놈이었는데
원양선 가지고
사기 치려던
놈이었어요.

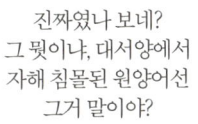

진짜였나 보네?
그 뭣이냐, 대서양에서
자해 침몰된 원양어선
그거 말이야?

그 배는 아니고요…
기관장이었는데
몹쓸 짓 많이 했지요.

어허~ 그렇구면.
자네가
당할 정도면
여간한 놈일 것
같구먼그래.

당하다뇨~
지가 당했지.

뭐?
어떻게
당해?

아… 아녜요.
지난 일을
뭐 그렇게 꼬치꼬치
물어요~
질투하시나 봐~

어험…

그나저나 아직도 발표 안 났어요? 수도 이전 할 데.

천지 땅값이 들썩이는데… 충남북권이 제일 심하네. 영동 상가권이 하락세라는데, 논현동 큰 길가 땅값이 30만 원에서 70만 원이라…

됐어요~ 구멍가게 할 것도 아니고… 대전, 청주, 탄방, 괴정, 용문, 천안… 그쪽을 잘 살펴야 한다고요.

행정수도 만든다는데 대학 몇 개는 금세 허가해 주겠지. 수도권 인구 분산한다면서요? 교육이 움직여야 사람 터전이 움직인다고요.

'연기'… 여기가 끌리는데… 소리가 안 나오네…

그만 울어라.
창피하게…
길에서.

나 너한테
이제 빚진 거 없다.
칫값 다 받았고.

너 벗겨 먹으려고
한 건 맞지만
들키는 바람에
내 돈만 쓰지 않았냐.

솔직히 울어도
사업 실패하고 부도난
내가 울어야지,
네가 왜 우냐고.
내가 진짜 몸 줘, 돈 줘,
마음…은… 줬다! 조금…
꽤 줬다! 난 다 줬다!

내가 암만
가시나 후리고
다니는 놈이라도
최선을 다한 놈이라고.
언 놈이 사기 칠 년
자고 있을 때
발가락 습진 약
발라 주고 그러냐.

너 하꼬방
잠겼을 때
내 빤스 젖어 가며
물 퍼 준 거
기억 안 나지?
그 똥물에… 시바…

그때 나 똥독
올라 가지고 사타구니
다 벗겨지고…

뭐냐?

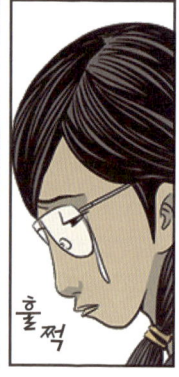

돈? 무슨 돈?
나 주는 돈?
왜 줘?

훌쩍

철그덕

아~
그냥 차~

아~ 브라쟈는 또…
새 걸 주든가
이거 언다 쓰라고…

턱

훌쩍

속

뭔 가방이길래
끝도 없이 나와~ 라디오?
이거 너 사 준 거였구나.
착각했다가 딴 년한테
뒤질 뻔했다.

훌쩍
훌쩍

그만 좀 울라고~
여기 안 보여~?
장사로 치자면 개털 된 건
나라고~
나도 울 찬스는 줘야지.

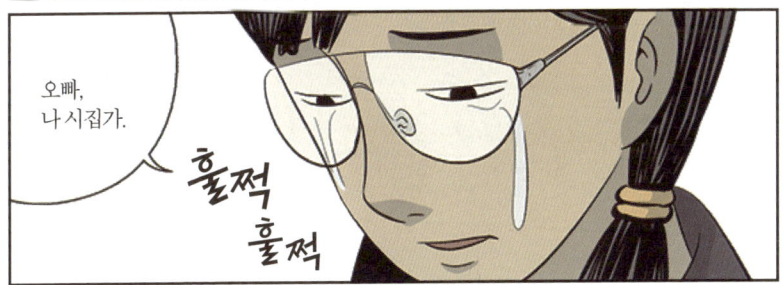

오빠,
나 시집가.

훌쩍
훌쩍

어?

나
사랑하는
사람
생겼어…

훌쩍

저기 보이는
죽통이 니
신랑감이냐?

끄덕 끄덕

이 가시내 완전…
나 쇠고랑
채우고지 살길
잘 챙기고
있었네!
야 이~

훌쩍

훌쩍

오빠도 이제 그만…
정신 차리고…
좋은 사람 만나…
빵끼 그만 치고…

훌쩍

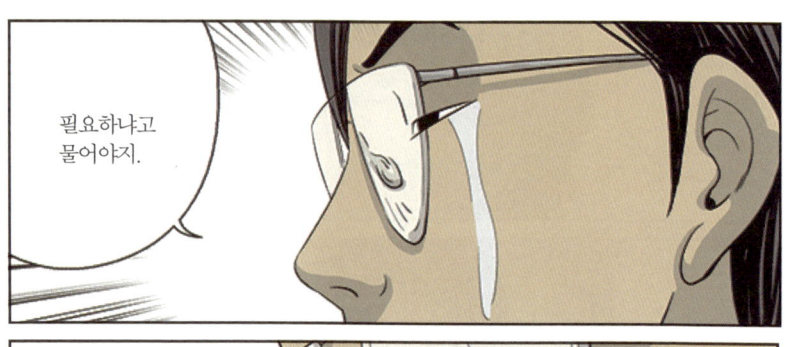

필요하냐고
물어야지.

답을 잘 듣고 싶으면…
잘 물어야 해.

사랑 같은 건…
필요 없어.

오빠랑
했으니까…

허...

엄마,
왜 이리 늦어?
오늘 짐 챙겨야
한다니까.

'어디 때릴래?'
'네?'
'어디 먼저 때릴 거냐고.'
'…머…머리요.'

짐 챙기라고!

때리고 싶은지부터 물었어야 하는 거 아닙니까?
삼촌.

일이 시작됐다.

송 사장이 삼촌을 부려 간단히
천 사장을 벗겨 먹으려던 꿍꿍이는

좀 더 견고하고
규모가 큰 모의로 바뀌었다.

마치 단기 사업을 위한
공동 시행 업체 같달까.

그럼 송 사장님이
발주 업체요?

그럴 리가 있나.
나나 자네나
똑같은 시행 업체지.

어?

어허~
발주 업체
오시네~?
어쩐 일이실까?

아이고, 회장님
오셨습니까?

오늘 일하러
출발한다기에
내 인사도 건넬 겸
나왔소이다.

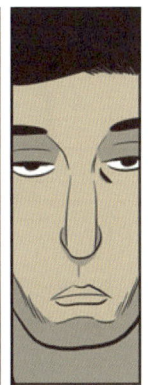

일들… 잘…
하시겠네요.

예~ 예~
그럼요. 사모님,
인사 나누시지요.

오관석입니다.

꾸
벅

오희동입니다.

나대식입니다.

꾸
벅

꾸
벅

좋아요…
좋아…

우리도
인사시켜 드릴 분이 있어요.
앞으로 같이 일하실
임 선생님입니다.

임전출입니다.

어, 저희랑
같이 가신다고요?

회장님, 걱정을
너무 하셨나
보네요.
사람은 충분합니다.
걱정 안 하셔도
돼요.

그릇에 관해
잘 아는 전문가니
여러모로
도움이 될 걸세.

아… 그렇습니까?
참… 성함이…
뭐라고… 볼펜이…

뒤적

뒤적

엇!

툭

팍

에구…
내 아끼는 술잔인데…
박살이 나 버렸네.

그건 그렇고
성함이…

임전출입니다.

나이는…
실례
지만…

서른…
쥐띠입니다.

저놈…
그릇 볼 줄
아는 놈
아니다.

예?

저 잔, 송 사장이 다방에서
보여 준 3만 원짜리
상감청자라고.

그런 게 깨졌는데
말 한마디
없는 놈이
뭔 전문가야.

오호라…

전문가시라고…

스윽

까딱

전문가라고 소개드리긴 했지만 사실 저희 눈이 따라가는 건 아니어서 대신 모신 분입니다.

귀찮게 안 할 테니 데리고 가세요. 우리랑 자주 연락도 해야 하고 우리 쪽 손발이 돼 줄 사람도 필요하니까.

내가 오관석 씨를 비서로 쓸 수는 없잖아요?

예~ 예~ 그렇게 하시죠.

송 사장,
나 좀
잠깐…

예…

잘… 하고 와.
시키는 거
마다하지 말고.

스…

예…

이건 뭐…

귀찮게 안 할 놈이
셋이나 되니
거찮아 주겠네.

자~ 출발해야지.
열차 시간 다 되었네.

관석이,
목포에
도착하면
여기로 가.
이 친구가
묵고 있을 거야.

슥슥

광주에서
중고 물건
취급하는
내 지인이야.
그릇 감별을
도와줄 거야.

하루에 한 번씩,
꼭 전화하고.

자네한테
다 달려 있네.
부탁해~

어중이떠중이
다 넘겨주고선
부탁은 뭐…

아무튼
자네만 믿어.

자~ 갑시다!
출바~알!

새로 온 친구
잘 살피고…

걱정을
뭔 일하듯 해.
쉬엄쉬엄하쇼.

빠앙아앙아앙

철컹
철컹

철컹
철컹
철컹
철컹

여기
세 자리
있네.

철컹 철컹

자리가…

빈 자리 꽤 있던데,
편한 데 앉으라고.

텍

휙

책은 넓은 데
가서 읽으시고…

나와.

아니, 뭐 하는 거요?

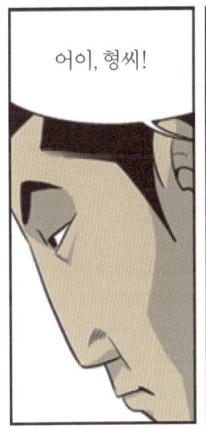

어이, 형씨!

뭘 하긴?

말 안 들리냐?
어?

스윽

책 모서리에 하마터면 눈깔 날아갈 뻔했다, 응?

이 새끼… 당연히 "죄송합니다." 해야지, 멀뚱히 보고만 있네?

시끄럽게 하지 말고 어서 사과해요. 조용히 갑시다.

갑시다?

그래. 갑시다! 뭐?

이제 속
시원해요?

시킬 일 많은데
기어이 보내시네요.

언제는 그릇 캐러 가는 놈들
끝까지 감시하고
챙겨야 한다면서…

그거야 어느 놈
시킨들 못 해요?
왜 꼭 전출이냐고요.

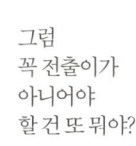

그럼
꼭 전출이가
아니어야
할 건 또 뭐야?

왜 이러실까?
말꼬리
딱딱 무시고.

자네야말로
전출이 이야기만
나오면
안색부터
바뀌고, 뭐야!

아~니~
수족처럼 부리던 애
냉큼 떼어다
남 주는데
골 안 나요?

부우우웅

으음…

성질 죽이고
시키는 대로만
하고 와.

아이 씨, 귀찮게…
또 배 타야 하잖아.

천 회장
눈치가 이상해.
하란 대로 해.

알았어,
알았어.

천 회장 혈압이
요즘 좋더라고.
팍팍 올라가.

이번이 마지막이다,
생각하고 고생해,
여보.

112

책을 던져 줬으면
읽든가 베고 자든가 찢어서
코를 풀든가 똥을 닦든가
할 것이지
하고 많은 짓거리 중에 시비냐.

철
컹

이 자식이…
내가 이리에서
곤조로 이름 석 자
남긴 놈이여!
흉터 보고 쫄 것 같냐.

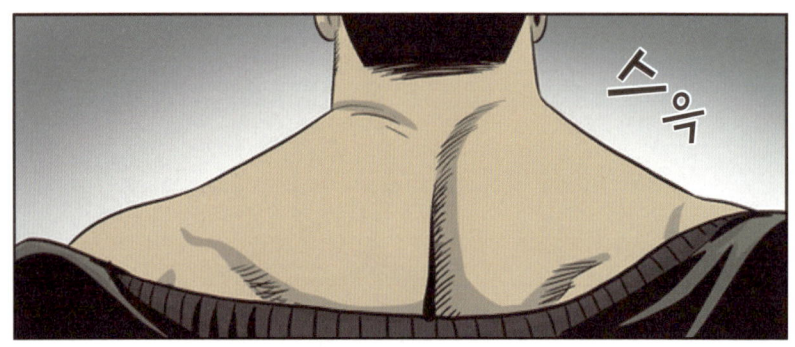

총알은
어때?

구경이나 해 봤냐?
곤조통아.

자…

좌판 한번
벌여 볼까?

그런데 말이우…

응, 뭐…

부우우웅

이번 일한다는 그 사람들… 어때 보여요? 인상에 좀 남네…

글쎄… 인상 좋은 놈들이 이런 거 하겠어?

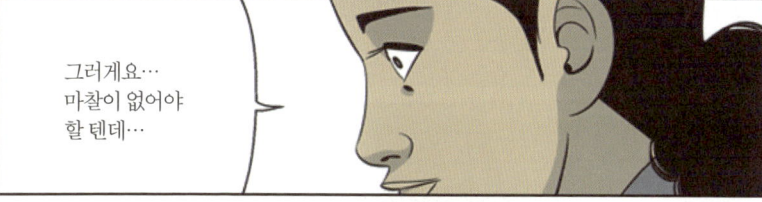

그러게요… 마찰이 없어야 할 텐데…

좀 다투면서 지들끼리 질서가 잡힐 거야. 돈 벌러 모인 놈들이 얼마나 싸우겠어?

부우우웅

조용히 좀
가자고,
새끼야…

전출이 형님,
하나 더
하십쇼.

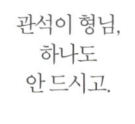

관석이 형님,
하나도
안드시고.

자네들
많이 먹어.
난 생각 없구먼.

동생 드시게.
난 군내 나서
계란 안 좋아해.

짭
짭

대식이 형,
먹어.

철컹
끄덕
끄덕

잠시 후
이 열차는 종착역인
목포역에 도착합니다.

짐 챙기자.

승객 여러분께서는
잊으신 물건 없이…

저벅
저벅

아이고, 짠 내.
항구는
항구네.

어이, 전출이.

예.

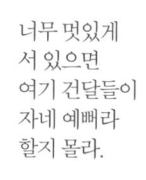

너무 멋있게
서 있으면
여기 건달들이
자네 예뻐라
할지 몰라.

예…

자, 우리가 시선을
끄는 상태인 건
인정하자고.

조용 조용히 그릇만
챙겨 가는 겁니다.
알았지?

굽신

꾸벅

예, 형님.

차~암.
세 놈 다
말귀도 밝고…
죽겠다.

용당동
전남 일고
쪽으로
갑시다.

그럽시다이~

부
우우웅

저쪽 골목 돌아가면 있나 보다. 얼른 짐 풀고 배 채우자.

무슨 여관이 꼭꼭 숨어 있을까…

여기 있네.

어서 오씨요.

끼익

하영수 씨라고… 여기 묵고 있다는데, 계십니까?

와따~ 서울말 쓰요이~ 저짝 3번 방에 가 보씨요.

스윽…

하영수 선생
이십니까?
오관석이라고
서울 송 사장님께
소개받았습니다.

인상 겁나
쌈박허요이~

예…
뭐, 그런 소리
많이 들었습니다.

무슨 띠요?

44. 잔나비입니다.

공부는
어디까지 마쳤소?

고등학교 다니다
중퇴했습니다.

얼굴에 딱
나오는구마잉.

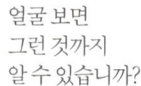

얼굴 보면
그런 것까지
알 수 있습니까?

조시나
보이것소?
께림칙허다
정도나 보이는
거이지.

방은 좁아도
들어들 오소.

예···
실례하겠습니다.

통성명이야
차차 하시고···

나로 말할 것 같으면
호랭이 띠에
호랭이 달에
호랭이 시에
태어난 하영수올시다.
날짜만 삐꾸 탔지,
영락없는 호랭이여.

나는 누가
내 상투 쥐고
이리 가시오,
저리 가시오,
서시오, 마시오,
하는 거를 감당해 본
역사가 없어.

함 볼랑가?
내가 아조 온몸이
역사의 현장이여!

전출이
많이 덥지?
등목 좀
하고 와.

어우~
물이 엄청
시원하네요!

송 사장님,
접니다.

예, 하 선생도
만났고요.

재밌는 분이더라고요.

그런데
말입니다.

용산역에서 천 회장이
송 사장님 잠깐 불러서
했다는 말 있잖습니까?

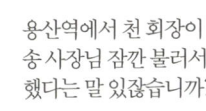

임전출이…

담가 버리라고…

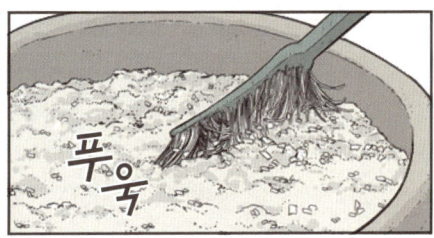

난 소금이
더 개운해.
괜찮아.

치카

전 거품이
없으면
안 씻은 것
같더라고요.

치카
치카

쬐까씩 짜서
쓰쇼잉~

치카

치
카

쩝

쩝 딸그락

쩝

남도 인심이
흉해졌나.
반찬이 이게 다요?

네미~
여관방 밥상이
다 그렇지.
상다리 휘게
나올 줄
아셨수?

얼른 드시고
그릇에 대해
공부 쪼까
합시다.

증도 앞에 방축리라고 있는데, 옛날부터 큰 배가 가라앉았다는 이야기가 구전되고 있었어.

아주 가끔씩 그릇이 올라오곤 했는데 뱃사람들은 그런 걸 여간 싫어했다고. 뱃사람 죽을 때 함께 넣어 주던 것이었다 그거지.

근데 막눈에 봐도 그릇이 여간 예뻤는지 어쨌는지 한 양반이 그 그릇을 안 버리고 놔뒀어.

그런데 한 날은 국민학교 선생질 하던 동생이 놀러 와서 봤는데 그릇이 그럴싸하거든? 일른 그릇을 챙겨 신안군청에 신고를 했지.

군청에 왜 신고를 해요? 가져다 팔아야지.

그릇이 워낙
그럴듯하니까
이건 보물이다
싶었던 거고,
'보상금을 두둑이 주겠지.'
라고 생각했겠지.

그란디 보상금은 네미…
모기 눈물도 아니고…
하여튼 그때부터
문화재관리국에서
이 그릇을 살펴보고서는

'중국 송~원 시대
그릇이다…'라고
감정을 내려.

자,
여기서 우리는
이런 생각을
한번 해 봐야
허지.

중국 도자기가 어째서
우리나라 바다에서
발견이 됐느냐?

반은 맞고
반은 아직 모르네.
그래도 용해.

그전에 중국 배가
뭔 지랄을 허다가
우리나라 바다까지 와서
짜부가 되어 부렀느냐.
고것이 먼저여.

당시 송나라 원나라는
에… 일본, 고려, 인도까지
교역을 하고 있었어.

그란디 송나라에서
일본까지 완 타치로
가질 못허것지.
니미, 모타가 있어,
뭐가 있어.
믿을 건 바람인디,
내 조때로 불어 주간디?

그래.
내 생각은 신안이
일본으로 향하는
중간 거점이었을
것이다,
라고 생각허지.

그런디 어느 날은
바람이 세게 불었어.
바람도 지 맘이니께.
그란디 여기 신안 앞바다가
섬들이 자글자글해서
유속도 세고 파도도 높아.
폭풍을 피해 왔더니만
신안 앞바다 상태가
요 모양이여.

그렇게 바다에서
이리 출렁, 저리 출렁 하다
물살이 센 '사리*' 때를
만난 것이 아니겠느냐.

그러면 어떻게
되는데요?

물살이
겁나 빠르게
움직이니께
질질 끌려가다
바위에 콱
처박혔겄지.

*음력 보름과 그믐 무렵, 만조와 간조 해수면 높이 차가 최대인 시기.

아저씨가…

봤소?

정황을 읽으면 딱
그림이 나오는 것이지.
이놈아, 넌 똥 닦을 때
보고 닦냐?
거기쯤 있겠다 싶은
믿음으로다가 닦지!

어디 끼고 그래?
입 다물고
차분히 들어.

아니, 그릇 캐러 왔으면
그릇이나 캐러 가면 되지,
뭔 공부를 하고…

니가 가서 그릇을 캘 곳이
니가 죽을지도 모르는
위험천만한 곳이란 걸
말해 주는 거다,
이놈들아!

이 영감이 자다가
저승사자를
보고 왔나…
재수없게시리…

아…
말이… 말이
그렇다는 거고.
이 친구
왜 이랴.

사장님.
접니다, 대식이.
예…
별일 없죠…

오늘은 하루 종일
중국 역사 공부했어요.
뭐… 못 알아먹죠…
말 많으시고…
죽겠어요.

예… 끊습니다.

형님,
먼저 하실래요?

먼저 쓰시게.
난 가족들한테
해야 해서
좀 시간이
걸려.

그럼…
자리 좀
비켜 주십쇼.

어~ 어~ 그래.
편하게 통화하라고.

저벅 저벅

차 르륵
차 륵
르르륵

차륵
차 르르륵

회장님…
전출입니다.

일은 들어갔냐?

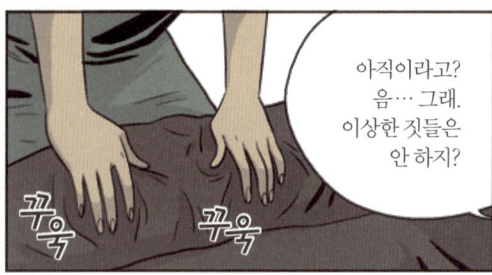

아직이라고?
음… 그래.
이상한 짓들은
안 하지?

꾸욱 꾸욱

그 턱주가리
퍼진 놈 말이야…
친하게 지내.
일 잘하겠더라.

어…
친하게 지내고.
어? 벌써
형 동생 하기로
했다고?
잘했구먼.

물갈이는 안 하고?
그래… 좋아…
아, 너한테 한 말 아냐.

거기 나미솔(무좀약) 좀
발라라.
요즘 심해지더라.

예…

어, 그리고 말이야.
거기 애들 삥끼 치는가
잘 보라고.
돈 보고 온 놈들
돈만 보니까.

지금이야 수완도 있고
일도 잘 해낼 것 같아
두고 있지만 말이지.

수완 좋고
일 잘하는
놈들이…

툭
꾸

아…

꼭 재줏값을
하더란 말이야.

주욱

그건…

놈이건…

넌이건…

터덕

터덕

똑같아…

아…

명심
하겠습니다.

명심할
필요 없어.

그냥 결과를
보여 주면 돼.

딸깍

전화
다 쓰셨
습니까~

자리 비켜 달라고
했는데?

저~짝에
있었지요.
아무 소리도
안 들렸는데, 뭐…

자리를 비켜 달라는 건
안 보이는 데로 가란 소리
아니겠냐.

야, 시발.
형님 대우해 주면
좀 알아서 기어라.
찬스 났다고
올라타지 말고.

바다 나가는 거
두렵지 않냐?
내가 돌아 버릴지
모르는데.

시발,
헷도(머리) 돌아 봐야
돌가루나 날리겠지,
맷돌아…

존만 한 새끼.
채 썰어 물고기 사료로
써 버린다.

바다에서 양식하냐.
사료 멕이게, 시발아…

에효…
종알 종알…

딸 딸
딸 딸

우리나라 연안에
양식장이
얼마나 많은데,
멍청한 새끼야.
굴 양식도 하고…

휙

굴이 물고기냐,
맷돌 파편 같은
새끼야…

140

옴마?
반갑소이~

서울서 언제 왔다요?
왔으면 좀 들르제…
서울 이야기
듣고 싶구먼…

아… 안녕…

아재는 볼일
보입시다이~

꾸벅

뭐야,
저 빡빡 대머리
아는 사이야?

여… 여기였나?
다방이…?

아뇨~
여기는 집이고,
가게는 저번
그 동네고.

희동아, 들어가자.

예…

자… 잘 지내고.
인연 있음
보자고.

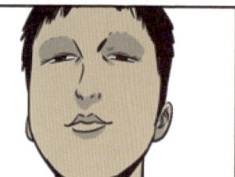

희동…
아~따~
서울시럽네~

가요, 삼촌…

턱

뭐…야?

여기 왔었냐?

뭐냐?
뭐냐고?

뭐가 뭐~

저 여자애
뭐냐고~?

아~
한 번 봤던 애야.

그러니까
여기 왔었던 거네~
왜 왔었냐?

놀러 왔었다.
왜?

이 샵새끼가 말이 짧아.
뭔 약을 처먹었길래
목포까지 놀러 와~

니들 꿍꿍이 있는 거 아냐?
말하라고!

니들이라니!
삼촌이
니 친구냐!

넌 친구라 말 까냐!
근데 이 새끼
계속 말 놓네!

퉤

143

아… 쪽팔리게…
사실은 내가 사귀던 애가
여기 출신이라
한번 와 봤소.

뭐?

니 깔치가
여기 출신
이라고?

그럼
저 여자는?

일 정리하고
맘이 허해서
커피 한잔하려고
들어간 다방
레지야.

후-

레지?

레지라고?
어떻게 레지가
한 번 본
서울 남자한테
아는 척을 하나?

여자랑 헤어지고
바로 눈길
날렸구먼~
이 바람둥이 새끼.

그런 게
레지 수완인가 보지.
내가 어찌 알아.

아까보니까
자기 가게 안 들렀다고
겁나 삐쳤더구먼~
수~완~?

여자들한테
강하게 어필하는
인상인가 보지~

아~이~
제비족 같으니…
여자랑 헤어졌으면, 임마,
슬픔을 좀 달래 가면서
잘못 없나 곱씹으며…
차를 한잔하고.

그렇게 하니까
나한테 저러네…
내가 이래 얼굴이
쪽 빠져 가지고
생각에 잠기면
우수가 흐른다나…

이… 새끼…

툭

아…

내가 한창 때는
시, 군, 구에
한 명씩 깔아 두고···
자랑은 아냐.
자랑은 아냐.

여자
울리는 거
아니다~

그런 건
울려 본 놈이
경험적으로다가
뱉는 소리지,
형님이 할 소리는
아니오.

알았어.

쓸데없는 소리
그만하시고
들어갑시다.

하여튼···
나 모르게
작업 들어가면

나도 연장 챙기고
다닌다.
알아서 해.

선장님 오셨소~?
어~ 저녁을
같이 해야겠는디…
아~ 아~
거기로? 그럽시다이~

선장
들어왔답니까?

선장까진 아니고
즈 아부지 배를
야가 갖고 댕겨.
그래도 선장이라고
불러 주믄
싫어라 하간디.
좋아라 하지.

방금 들어왔댜.
조업 나갔다가
기름만 태우고
돌아왔다고 뿔따구
나 있다는디?

애들 다 데리고 갑니까?
아니면 선생님하고
저만 갑니까?

넘의 동네 와서
사내들이 우~ 하고
몰려 댕기는 거 아녀.
괜한 쌈 나.

자네랑 나랑만 가세…

그래도 쌈은 날 수도 있고.

그럼 애들 데리고 갑시다. 밥도 먹일 겸.

험악

인사하지. 황명수 선장이여.

처음 뵙겠습니다.

이짝은 오관석이라 하고 나랑 아조 가차운 서울 송 사장이 보낸 사람이지.

예… 예…

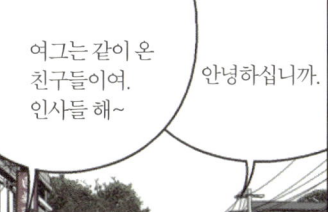

여그는 같이 온 친구들이여. 인사들 해~

안녕하십니까.

오늘 조황이 안 좋으셨다고…

조황은 낚시고요. 조업이라 허죠.

여기 조기가 많이 나잖습니까?

조기는 봄이고요. 지금은 민어죠. 병어나.

아유~ 민어 좋지요.

민어는 성질이 드러워 가꼬 잡으면 바로 디저 부러요. 금방 먹어야 허죠.

서울서 민어 먹었다면 다 시뻘건 구라고요. 선어밖에 못 먹습니다.

*물에서 잡아 낸 그대로의 물고기

아~ 그렇습니까.
내가 잘못 먹었네.
뭘 먹었을까?

자 자~
뭐라도 시켜 놓고
이야기허자고.

병어에
소주나 합시다.
싸고.

어이~
병어 좀
잘라 오소!

예~

자네들은
거기서 한상
차리소잉~

우리도
같은 걸로 합시다.

대가리는 버리지 말고
바싹 구워 주소이~
나는 다 먹어 버리니까.

예~

한 잔 받으소.

서울분이
저보다 위신 것
같은데…

그냥 먼저
드시지요.

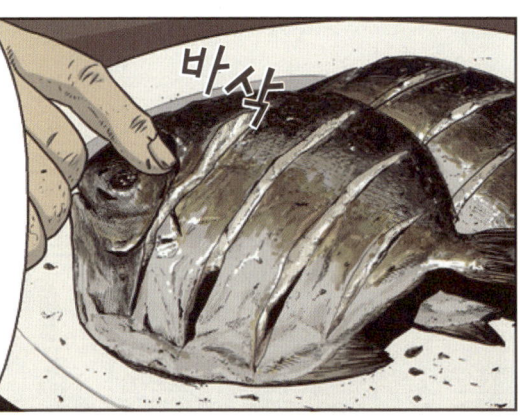

와따~
명수 형님~
바다 나갔다
오셨소이~

어~
어디 갔다 온가?
나 저녁 먹네.

손님이신 게비?
못 보던
분들이요이?

어~
서울서 오신
분들이여.

왐마~
서울서라?
서울서
먼 재미 볼라고
여까지
오셨을까아~

도회지 양반들 속을
내가 알겠는가~
한잔헐랑가?

아요~ 그짝은 우리가
끼기 뭣하고요~
여기서 쐬까
거들랍니다.

실례 조까
하겠습니다.

실례
아니겠지요?

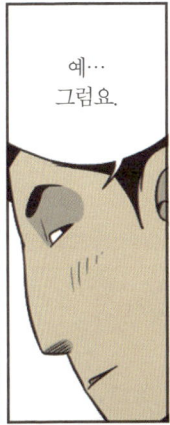
예…
그럼요.

불편하시믄
말씀하시고.

같이 합시다.

그래서 여러분들이
하시고자 하는
이 일은 사실 조뺑이 치는
일이라는 것이고요.

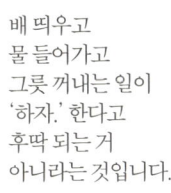

배 띄우고
물 들어가고
그릇 꺼내는 일이
'하자.' 한다고
후딱 되는 거
아니라는 것입니다.

그래서…
요지는?

나도 처음에는
배만 띄우고
닐리리 맘보
할라 했는디
그게 아니더라고.
아무리 고깃값
몇 배를 준다고
되는 게 아니더란
말이지.

아니~
자네 부친허고
다 이야기를
맺어 놨는디
그리 말하면
쓰나?

저희 집 영감
오락가락하셔서
전 상관 안 하고요.
키 잡은 놈이
오야지, 누가 오야요?

그래서…

요지는…?

깨작거리지 말라고~
요래 요래 떠서 한 입
푸짐허게 먹으라고~

앞에 앉은 사람
입맛 달아나게스리
뭔 애새끼모냥…

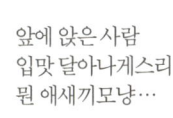

짭

짭

머구리도 몇 놈
사야 할 것이고…
서울 쪽에서
다 할 것이요?
내가 다 허지.

눈까리
착하게 안 하지?

눈까리 착하게 떠!

짝-

그래서…
원하는 게
뭡니까?

짜악

캬아

반주소!

우리가 너무 쉽게 생각했나?

거저 얻을 거라고 생각하진 않았지만,
갑자기 일이 커졌다.

무거워지고 있다.

이래서는 일이 될 수 없다.
힘을 합쳐도 모자란 일이 떡 나누기에 혈안이다.

뭐에 반?

황 선장,
그게 말이 되는가?
여기서 그릇을 꺼낸다 해도
그거이 바로
돈이 되는 게 아녀.

제대로 돈 있는
사람을 알고,
그 사람한테
팔 수 있는 것도
겁나 중요해.
자네만 중헌 게 아냐!

뭐에 반이긴.
가격의 반이지.

뭘 지지고 볶을라 해도
어쨌거나 그릇이 없으믄
성립이 안 돼 브니까
우리가 여간 중요하다
이거 아닙니까.
서울까지는
내가 갈라니까.

닝기리 조또
아무나 바지 걷고 들어가
꺼내 올 수 있으믄 하시던가!

하...

뭣들 하십니까.
병어 시퍼보요
(쉬이보시오)?
아조 맛나당께.

스
윽

턱

병어가 고소롬허니
먹을 만하당게요.
한창 철이고.

와따~
드실 줄 아시구마잉~

처음이면
가시는 바르셔야지,
이 양반아.
뱃사람 흉내 내면 되것나?

아재요.

발모가지에
아짐씨라도 숨겨 놨소?
왜 자꾸 조물락거리요?

뭐 있는디?

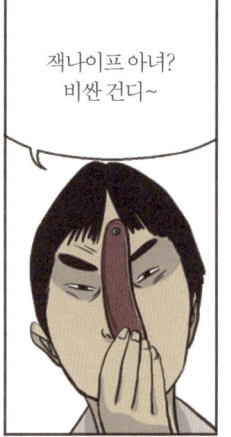

잭나이프 아녀?
비싼 건디~

이거 봤냐?
여기 누르면
칼이 나온다고.

왐마~
나 이거 겁나
갖고 싶었는디.

요래… 요래
누르면…
와따, 뙤 나옴마~

서울 식구들,
나 잠 봅시다.

벌떡

크...

뭐 해?

나대식의 결연한 표정은
불안을 가져왔다.

쿠와아아

나대식은…

이런 표정을 감당할 만큼의
위인이 아니다.

뭐 하요?

비틀 비틀

어?　엥?　잉?

맙소사…!

누가 봐도 우스꽝스러웠다.

표정과 별개로 저 동작은…

옳지~ 옳지~
잘한다~ 잘한다~

요리로~
요리로~

따라오쇼잉.

이 상황을 끝낼 수 있는 건…

황명수와의 빠른 협상뿐이다.

그릇 건진 자리도
몇 명밖에 몰라.

해군서도
위치를 못 잡으니께
도굴하다 잡혀 들어간 친구
꺼내 도움을 받았다고.

목측(目測)이
아무나 되는 게
아니라고.

일 년 열두 달
바다에 들어가 보소.
도자기 끝이라도
만질 수 있을 것인가.

건져 올리는 게…
많이 힘들지요?

겁나 힘들지~
날씨가 조져 버리면
실패할 수도 있당게.

그러니까
완벽하게 성공할
확률이 매우 적다…
이거지요?

우리도 팔라믄 잘 팔아.
종잣돈만 있으면…
꺼내는 것도
댁들과 상관없이 해.

권투를
어디서 배웠길래
요래 엉성하단가?

짝 짝 짝

뭐 허냐?
박씨네 집
소 잡는댜.
가자!

어, 먼저 가소.
나 일 조까
보고 갈란게.

박씨 집서 소 잡는디
안 가는가?
선지 조까 얻으러
가는 길인디.

먼저 가소이~
내 거 남겨 두소~

어~ 뭐 허냐~?

니는 박씨 아재네 안 가냐~?

뭔 일 있냐?

소 잡는 다는디?

그냐? 와따…
가고 잡은디
죽겠네이.
김 사장도
올 것 아녀?

뭔 일 있어?
어제 판 벌이고
놀았담서.

개평을 뉘미 쉬벌
본전만치 들고 가등마.
와~ 앞으로 그 양반하고
못 놀겠다고 판 깨고 나왔당게.

뭐여?
땡깡을 그리 부려 블믄
안 되지~

근디… 누구여?

어~
명수 형님이
좀 와 달라 하더라고.

가서 소주나 하고 있어~
곧 갈랑게.

그려~
일 보라고~

가꾸목(각목)
하나 줘
와라이~

알았어.

아… 삼촌…

자… 말씀 잘 들었습니다.
그렇게 도자기 판매에
자신 있으시다면…

꺼내 오는 그릇의
30프로를 드리겠소.

30프로?

내가 팔라면
못 팔 것 같소?

그래서 돈보다
더 삼삼한 조건으로
해 드리는 겁니다.
마음껏 꺼내서 파세요.
종잣돈은 저희가
해결할 테니…

촤아아아

촤아아아

다 담갔나?

예… 사장님…

열 개건… 스무 개건…
백 개건… 상관없습니다.

적습니까?

백 개를 꺼내 오면
서른 개 줄 테니
알아서 파시오.

그 외의 경비는
우리가
지급하겠습니다.

어허~

지방에도
힘 깨나
쓰는 분들
있겠지요.

그런데 이 그릇이란 게…
아무리 가치가 있어도
돈을 막 쓰게 되지
않거든요.

황 선장 집에
500만 원 짜리 그릇 두면
뭐 좋겠소?

500만 원이면
쌀이 얼마고
집이 몇 채고
차가 몇 대요?

그걸 집구석에
그냥 둔다구요?

그렇게 두는 건
흙에 돈 처발라
모셔 놓는 것이지.

그릇은 서울로
가야 합니다.
서울로 가야 임자를
만날 수 있습니다.

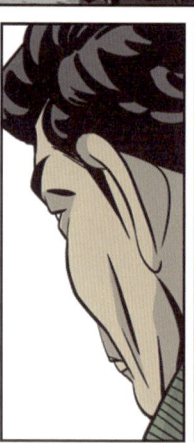

이 그릇이 필요한
주머니가 든든한 사람이
있습니다. 많습니다.

그릇 하나 팔려면
중간에 몇이 필요한지 아시오?

한번 따져 보십시다.
간단하게.

톡

톡

물에 들어갈 머구리.
배를 몰아 줄 선장.
배 위에서 도와줄 시다.
그 사람들을 관리할 십장.
꺼내 오면 그 자리에서
감수할 전문가.
운반할 사람.
가져온 물건을 보관할
창고를 확보한 중계상.
물건을 살 만한 재력가와
그 인맥을 갖고 있는 사람.

그런데 물건을 살 사람이
장사꾼도 있고,
학자도 있고,
정치하는 놈도 있고,
일본 놈도 있고 하니,
중간에 낀 놈들은
점점 늘 것이오.

그러면
최대한 돈을 많이 받아 내도
각자 얼마를 줄 수 있는지
아무도 모르지요.

고생 끝에
낙이 올지…
개털이 될지…

파실 수 있다니
다행입니다만…
손에 얼마나
줄 수 있을까
싶습니다.

쭈욱-

그럼
얼마 줄라요?

크-

100 드리죠.
저희 쩐주한테 받아 낼
최고 금액입니다.

100?

물론 수고비 포함
경비는 따로
100만 원 더
드리겠습니다.
제가 잘
말씀드리죠.

이 양반아~ 이게 전부
얼마짜리 일인데
나더러 200 묶고
떨어지라 하나!

잘 생각해 보면
적은 금액이
아닙니다.

말이
되는 소릴…!!

저희 식구들
데리고 간
떨거지들을
떼어 내면…

200만 원은
참 큰돈입니다.

어째 말씀이
없으시다냐?
형님한테
함 다녀와야
할랑가?

그러까…?

잠깐,
전화
좀 합시다…

예…

어…? 저기 누구여?
홍기 아녀?

홍기?
심 순경?

뭐 허냐?

뭐 허냐고?

뭐 하기는…
일 보고 있지…

일을 봐야~?
일~을 봐야?

어디서 오셨소?

서…울서
왔습니다.

이 사람
아요?

모릅니다.

177

아유~
저 황 선장
참~말로
숭허네이~

저런 사람인 줄
몰랐는디
속이 시커멓네.

저런 사람인 줄
모르셨어요?

어허~
왜 이런다?
저런 친구인 줄
알았으면
내가 줄을
댔을까?

생전 고기만 낚던 양반이
그릇을 팔 수 있다고
큰소리쳤는데,
누가 옆에서 돕지 않으면
할 수 없을 것 같은데요.

그래요?

x

179

어허~ 이 친구!
시방 날 의심허는겨?

예.

의심이 아니라…
확신하고 있지요.

앞으로 송 사장하고
직접적인 통화는
삼가셨으면 합니다.

내가 확
불어 버리면…

수고료조차도
못 챙길 테니까.

하지만 날
잘 도와주시면
섭섭지 않게
해 드릴게.

하 선생이?
정말로 그랬단
말이야?

이거…
믿을 놈 없구먼…

앞으론 저하고만
이야기하세요.
여기 순 사기꾼 천지입니다.

그래… 그래…
선장은 얼마에
쇼부 봤나?

여기 와서
이야기 들어 보니
우리 생각보다
돈이 꽤 들어갈 것
같습니다.

말로는
그릇 잠겨 있는 곳을
아는 사람을
빵에서 꺼내 와야 하는데,
그러려면 돈도 좀
찔러 넣어야 하고.

그래서 얼마나…?

경비 제하고
500!

500만 원?

여기 만만치 않아요.
바다 사정도 좋지 않아서
땡깡 쓰면 손도 못 써요.

그건 그렇고…

저랑은 얘기를
아직 안 한 것 같은데…

저는 얼마
주실랍니까?

182

허허…
그것은 천천히
논해 봄세.

내가 천 회장
잘 놀리고 있는 중이니
우리 모두 즐거운
결과가 있지 않겠나
싶은 것이
나의 소견일세.

다 자네가 바로 서야
아랫것들이 따르고
헛심 쓰지 않게
일이 되는 법이니까
한층 매진해 주길
바라 마지않네.

드르륵

송 사장,
아까 간다고 나가더니…

그릇 얼마나
더 구할 수 있나?
빨리 좀 필요한데.

글쎄…
가마에 물어야
알지 않겠소?

근데
어째서 그러나?

좀 더
담가 둬야겠네.

전화로
뭔 연설을 하나…
애 다루는 것도
아니고
기가 막혀서 원…

왜 나와 있어?

끼익

왜 그래?
얼굴이…

권투
시늉했다고…

전출이는?

억!

쿡!

방에…

퍽

퍽

하 선생은?

같이…

큭!

어억!

퍽

퍽

퍽

퍽

너…
칼 왜 가지고
왔냐…?

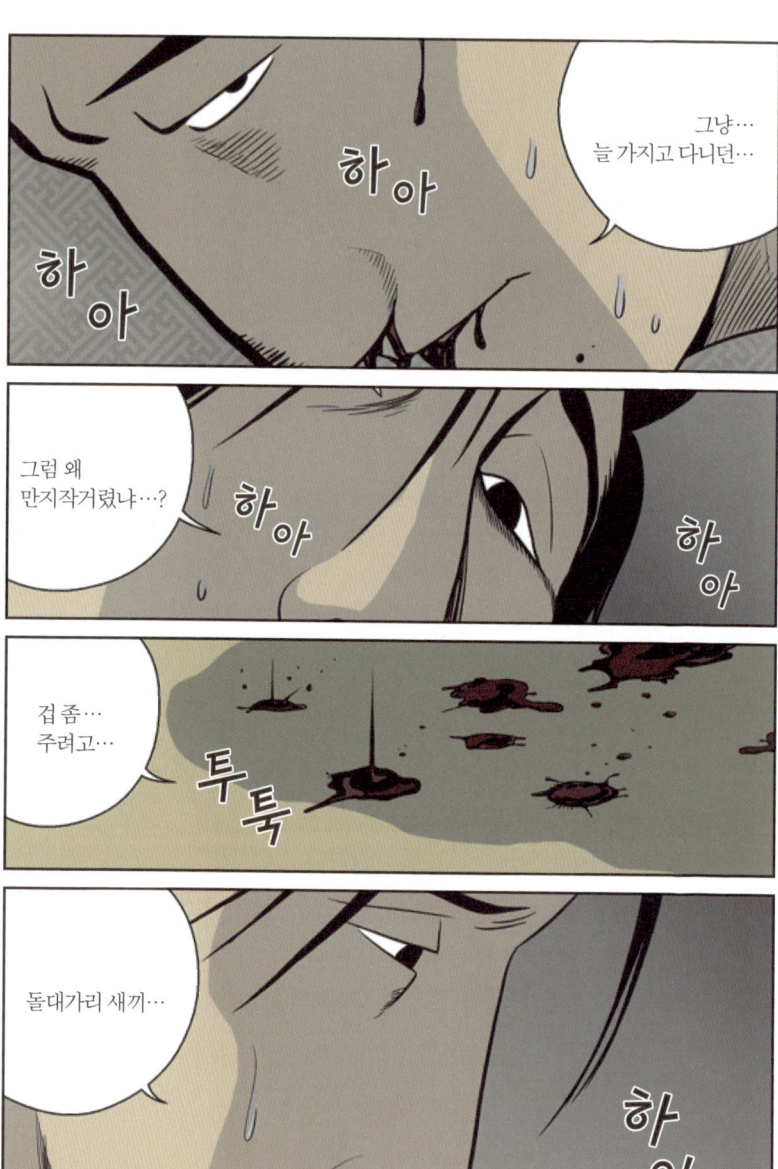

빠앙 빵ー

늦지 않고
따박 따박 챙겨 주니
얼마나 고마워.

사람들이 말야.
빌릴 때 갚을 때
태도가 달라.

그럼 안 되지.
곧 죽을 것처럼
빌려 달래 놓고
살려 놓으면
앓는 소리들야.

요즘 경기가 워낙 어려워서요.

김천댁 그런 소리 마! 누군 경기 비껴 사나?

근데 사모님… 지난번에 부탁드린…

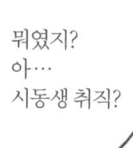

뭐였지? 아… 시동생 취직?

글쎄… 회장님이 요즘 밖으로 여간 바빠서 말도 못 꺼내 봤네…

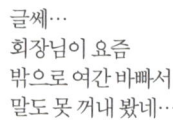

이거… 조마 감자라고 김천서 아주 유명한 건데요…

턱

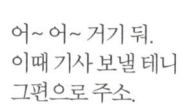

어~ 어~ 거기 둬. 이때 기사 보낼 테니 그편으로 주소.

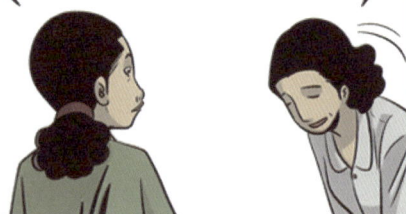

예… 예… 하여간 잘 좀 부탁드립니다.

예~ 저예요.
어디 가긴요.
목간 다녀온다고…
얼마나 됐다고 그래요.
당신도 참…

예… 그럼요.
전출이 연락요?
없었죠.
나한테 하나~
회장님한테 하겠지.

오늘 늦어요?
예… 곧 들어가요.
아유~ 지금 들어가요~
차암~ 사람 가두는 거
재주 있어.

아유~
지긋지긋해.
창경원 원숭이도
나보단 낫겠다.

몇 푼 되지도 않는 거
몰래 심심풀이
돈놀이 한다고
신경만 쓰이고
죽겠네.

그런 분들 계세요.
특히 큰 난리
겪으신 분들은
더 그러죠.

난리 두 번 겪었다간
사람 말려
죽이겠네.

가만있어 봐…

그나저나 이이는
어째서 전화 한 통
안 하는 거야?

나 시외 통화
하나 할게.

예…

딸깍

어… 잘 있다고…
어… 먹었다고…
어… 잘해 준다고…
어… 먹었다니까…
어… 잘해 줘… 어…

정신 똑바로
차리고 있어.
회장 눈치가
좀 이상해.
알았지?

근데
왜 이렇게
목소리에
힘이 없어?

어…
밥은 먹었어…
어… 잘 지내…
어… 아이 쌍…

짜증 이빠이
난 거 보니까
살 만한 갑다.

너 뭐야?
니가 왜 설치고
그래?

내가 뭘요~
때릴 만해서
때렸구면.

때릴 만해서 때려?

거기서
칼을
꺼내려고
했다고요.

나는 뺨까지
맞고도
참고 있는데.

그래서
맞을 만했다고?

193

왜… 왜요?

때릴 만해서
때렸다!

뭐가 때릴 만해요?
왜 때려요?

때리지 말라고!

이 미련한
새끼야!

바다 나갔다
뭍에 돌아올 때까진
적을 만들지 말란
말이야!

웬수가 된 채 바다에 나가면
누가 먼저 물고기 밥이 될지
아무도 몰라!

이 시퍼런 건달 놈들하고
바다에 나가려면
뭐가 제일 필요한 줄 알아?

쳇...

깡패 새끼들이
뭉쳤을 때
제일 중요한 건…

약속이야!

널 해치지
않겠다는 약속!

자, 마셔.
오늘 서로 욕봤다
생각하고 잊어라.

일하다 보면
이런 일 저런 일
있는 것이지.

그럼~ 그럼~
사내들이 일할 때는
다 그런 것이여.

주먹다짐도 허고
욕지거리도 뱉고 험시롱
친해지는 거이
우리 사내들이지.

아짐!
여 안줏거리 안 주고
뭐 하요? 끼대 내오소!

누가 꼼치 놓고
안 주요~

술잔 허해서 그라지~

전출이 형…

아까는…
죄송했습니다.

대식이 형도…
죄송했습니다.

어? 어…

하 선생님한테도.

예?

하 선생님한테도
사과해.

뭐… 뭘요?

어른 앞에서 주먹질하는 것은 어른 야리는 것이지. 사과드려.

죄송합니다, 하 선생님.

아녀~ 아녀~ 나도 주먹깨나 쓰고 살아서 다~ 이해해! 겁나 이해허지!

담배.

여기요.

가 봐~

혼자 있고
싶나 보지.

절레   절레

…

툭

다음 날부터
본격적인 작업에 들어갔다.

먼저 위치를 알고 있는
'그'를 만나야 했다.

성님,
나 잠 도와주쇼.

그릇이 잠긴
위치를 알기 위해
해군까지 그의
목측(目測)에
의지했었다고 한다.
그는 현재 수감돼 있다.

아~ 나더러
어쩌란 말이여~?
감방에 있는 놈을
빼돌리라는 거여,
뭐여, 시방~?

나랑 같이 면회 한 번만 가 주소.
묻는 건 내가 할라니까
형님은 옆에서
폼만 잡아 주면 되아요.

명수야,
저 바다 잠 봐라잉.

왜요?
뭐가 보이요?

고기들이
'명수 형님~
얼른 와서 나 잠
잡아 가써요~
나 꼬시고
맛 좋아라우~'
함서 기둘리고
안 있냐!

와따~
성님 장난하고 있소.
나는 속이 보타져
디지겄는디.

알아먹을 일 함서
돈 벌어야제, 뒷구녕으로
숙덕숙덕해 감서 번 돈은
남아 있딜 안 혀.
사람 잡는 돈이랑게.

홍기한테 말해서
손 좀 쓰라
할 거잉게,
일단 면회만
같이 가 주소.

갑시다. 갑시다.
엄살 그만 부리고.
내가 돈 벌면 나만 묵겄소!
갑시다!

어허~이~
징허네이~
그물 손질할라믄
오늘 하루 작신
걸릴 거인디!

오구라 다케노스케란
일본인이 있었어.

이 양반이
'오구라 컬렉션 목록'이란
책을 냈는데
그것이 무엇이냐 허면…

왜정 때
우리나라에서
쓸어 간
골동품을
가지고
만든 책이여.

저런 나쁜 놈!

그렇지.
나쁜 놈이지.
그런디 그 양반이
또 이런 소릴 해.

일본 고대사에서
조선의 고미술을
빼놓고는 설명이
안 되는 것이
많다 이것이여.

하여
조선의 골동을 모으는 건
일본의 고미술을
설명할 수 있는 길이고,
계통을 만들어 나가는 것이
문화 연구에
공헌하는 길이다…

조또~!

주둥이를 확 그냥!

그래서
일본 입장에선
수집가 중의 수집가지만
우리 입장에선
약탈자, 도굴꾼이란
소리가 나오지.

도둑놈
이구만요!

그놈 지금
어디 있소?

자~ 자~
모르는 사람은
개 밥그릇으로 써 버릴
그릇 하나도
이렇게 엄청난 의미를
가질 수 있다는 거여.

음…

음…

우리가
바닷속에 박혀 있는
사기그릇 캐서
뭐 할라고 하는가?

돈 벌려고요.

그라믄 그 그릇은
어째서 돈이 될까?
니기미 정제(부엌)에
널린 것이 사기그릇인디.

글쎄…

값나가는 그릇은
역사를 갖고 있어.
족보가 있다
요것이지.

그리고 형태미라고 하는,
겁나 고급시럽고,
균형미가 있고,
참말로 거시기한 그것이
갖춰진 그릇이다 고거여.
그런 게 돈이 돼.

저 바다에 있는 것이
고급한지는
어떻게 압니까?

송·원대 무역선에는
제기가 많이 들었어.
일본 사원에
보내는 것들이겠지.
그것들을 허술히
맹글어 팔진 않겠지.

지금까지
발굴된 것들만 봐도
한 점당 값이
상당허니
나갈 테니까.
보물급이라고.

자~ 이렇듯
우리가 허는 일이
중차대하고
심히 의미로운 일이란 것을
잊지 말고…

사진 보면서
특히 깨 먹으면
안 되는 종류에 대해
알아보자. 이런 거…
응? 청자…

아하~

예~

나와.

5분입니다이.

와따, 홍기야.
고맙다.
신세는 꼭 갚을게.

고생 많쟈?
한 대 꼬실리고
이야기허자고.

니미~
조기 농사
조져 브러서
부아 나 죽겠네.

이 사람아.
조기가 문젠가.
금뎅이가 바닷속에
있는디.

에헤이~
또 보물 이야기요?
나 몰라라우.
그냥 가쇼.

자네가 꼭 필요하단 말이시.
어딘지만 콕 찍어 줘.
우리끼리야 말만 해 줘도
다 알지.

조또 나는 굿허고 떡은 성님이 묵고? 이 양반아, 사람 상태 봐 감서 사기를 치소.

아따~ 사기가 아녀~ 니 몫은 떼 주지.

성님 조슬 떼 주소, 니미.

어떻게 하면 위치를 알려 주실 수 있을까요?

어떻게 하면?

나도 설명을 못 해! 눈으로 직접 봐야 찍을 수 있다고. 응?

야, 말이 되는
소릴 하라고!

니가 어떻게 직접 보냐?
빼 달란 거여?

안마,
우리가 그럴 힘 있었으믄
너한테 왔겠냐?
해군한테 바닷물 빼 달라고
했겠지.

해경 발굴
작업을
도와주셨다고요?

그려요.

해경도
탐사에 실패해서
굳이 감방에
계신 분한테까지
부탁을 한 거지요?

그란디…

뭐여, 성님. 저짝이 오야 먹었소?

오야가 아니고, 오야는 서울 가 있고, 여기는 일허는 사람들.

！

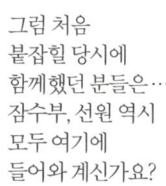

그럼 처음 붙잡힐 당시에 함께했던 분들은… 잠수부, 선원 역시 모두 여기에 들어와 계신가요?

여기 들어온 놈도 몇 되고 튄 놈도 몇 되고 그럽니다.

그렇죠. 그 튄 분들… 어디에 계실까요?

아~항~ 그놈들한테 목측을 맡기시겠다?

씨익

맘~껏 해 보쇼.

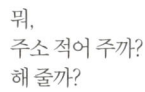

뭐,
주소 적어 주까?
해 줄까?

델꼬 가서 해 보쇼.
포인트 잡을 수나
있는지 봅시다.

해군이 조뺐다고
날 억지로 꺼내서
보라 했겠소?

톡

당신밖에
볼 수 없다?

해 보시라고.
아니면 당신 오야한테
얼른 돈따리 보내라 하등가.
나 아니믄 안 된다 그거여.

일은 내가
하는 거요.
내 위에
오야 없소.

211

앞으로 영동(영등포 기준 동쪽 마을)이 난리 날 것이야. 여기 잠실까지 말이지.

부우우웅

그래서 학교 부지는 정하셨수?

부우우웅

빵 빵

글쎄… 이쪽 개발까지 기다려야 하나…

그럼 땅값도 기다리고 있답니까.

펄펄 오르겠지.

턱

푸우 푸우

치카

치카

뽀드득

뽀드득

북
북

당신 오야
데려오라고~

북
북

아웅~

투
욱

당신이 바다에서
오야를 한다고?

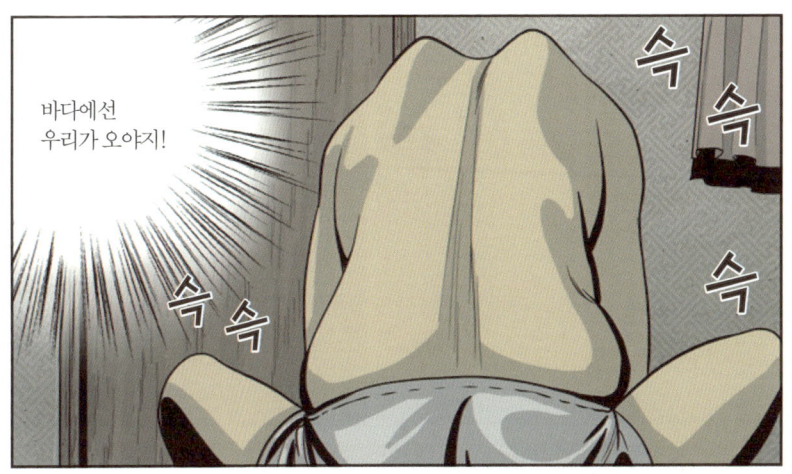

내가… 오야라고…

'서산동에 가믄 고석배라고 있소.
집은 나도 모르겄고.
가가 물속에 들어갔으니
재주껏 찾아서 끄셔 보쇼.'

숨어 지내는 놈인디
거기에 아직 살란지는 나도 모르겄고…

저벅
저벅
저벅

아짐,
석배 아요?
석배네 집이
어디요?

석배… 고씨 아재 둘째가
석배던가… 맞네.

어. 그라지. 고석배.
집이 어디요?

이 근처서
얼굴이나
알고 지내지
집까정은
몰라라우.

근처만 말해 봐~
어디요?

근디
어디서 오셨소?
뭐 땀시
찾는다요?

으흠…

우리 서울에서
왔는데…
조용히 집만
말해 줘…

아저씨…
형사…요?

조용히…

아따~
내가 딱 보고 알았소이~
잠바하고 구두 보니까
알겄드만요.

여기 석배 찾는다고
몇 달 전에 형사들 딱 요래
차려입고 드나들었는디
여적도 못 찾았소?

어~ 힘드네~
요즘 못 봤나?

통 못 봤지라이~
요즘은 형사들도 안 왔고…
없응게 안 왔겄지.

집이나
알려 주소.

형사들 딱 알고 오드만…
경찰서에 전화해 보믄
알 거 아니겄소?

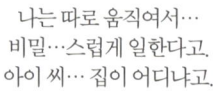

나는 따로 움직여서…
비밀…스럽게 일한다고.
아이 씨… 집이 어디냐고.

집은 모르고요…
여기 계속 올라가믄
돌담 나오는디,
그짝 어디라고
합디다.

자! 갑시다.

아줌마 말이
맞아요?

뭐가?

그 잠바하고
구두,
형사들이
입는 거요?

어. 평화시장서 산 거야.
이 옷 입고 다방 다니면
그냥 공짜지.

222

꼬마야~
여기 석배 아저씨
집이 어디냐?

석배 아자씨요?

응.
고석배라고
이 근처
산다는데…

으쓱
으쓱

와따…
어찌까이…

왜?

지금 허는 일이 있어 가꼬…
갈차 주기 힘든디…

뭐 하던
중이었는데?

고거이
말이요이…

아빠~
도망가!

아빠~

도망가!

휘

225

나 암것도 몰라라~

부 우 우 웅

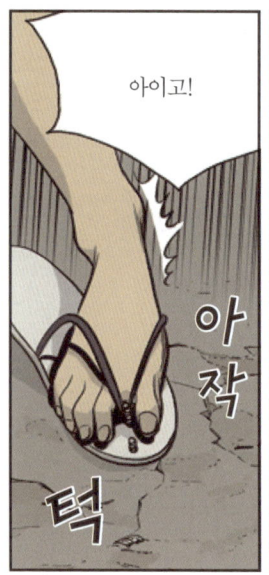

아이고!

아
작

턱

니미~ 똥개 훈련도
아니고…
이게 뭐여!

이야기 좀 합시다!
이야기 좀.

혁

혁

혁 혁

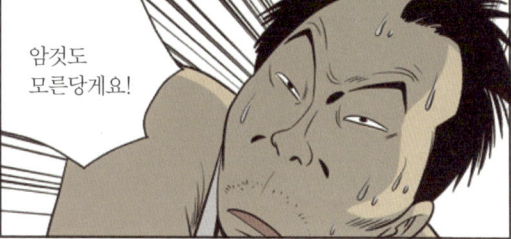

암것도
모른당게요!

226

저벽

저벽

저… 옆에…
보스톤 가방 든 놈들
보잉가?

예?

광주에서
왔구마잉.
우리만
냄새 맡은 게
아녀…

227

저거 광주서 밀도굴로 유명한 놈이여.

별명이 조청이여. 남의 물건 꾹 찍어 달게 삼켜 버린다고.

엇!

후다닥

왜… 왜요?

저… 저 양반이… 여기까지 와 부렀네이?

부산 김 교수!

와따… 이게 뭔 일이야.
선수 다 모여 브렀다.
조졌네이~

교수가
여긴 뭐 하러…

교수는 가짜고,
사기꾼이여.
골동 판에
저놈 정체 아는 놈은
두셋밖에 안 돼.

하 선생은
어찌
아십니까?

저 개후라덜 놈한테
당해 봤으니께 알지!

니미…
저 시키는
발이 넓기로
소문이 짜 한디…
큰일이구마잉.

우리까지
조직이 세 개요,
그럼?

더 있을랑가…

오늘 밤에
의논해 봅시다.
길게 끌 일이 아니요.

하…

조졌네… 조졌어…

하…
돈이 천지 빼까리로 비네.
멋쟁이 멋쟁이~
목포 멋쟁이~

수감된 이복근의 말대로 잠수부 고석배는
그릇이 묻혀 있는 곳의 위치를 알지 못했다.

하지만 우리에겐 고석배의
짐작이라도 있어야 했다.

다행히 고석배는 몇 개월의 은둔 기간으로 인해
돈이 궁한 상태였고, 우리의 요구를 받아들여야 했다.

그렇게 돌아온 여관은
비상이었다.

231

우리 말고도 두 조직이 더 있어요?

조직인지 아닌지는 모르겠지만 혼자 할 수 없는 일이니까 조직으로 봐야지.

이렇게 북적거리다간 경찰들 눈에 띄게 되는 거 아닙니까?

그러니까 우리가 먼저 일을 시작해야 하는 거야.

가만… 배 있고… 선장, 잠수부 있고… 잡일은 우리가 하면 되고… 다 된 거 아닌가? 갑시다.

황 선장하고 오늘 일정을 못 박아야겠어. 그러려면 돈을 쇼부 봐야 하는데…

그릇 보고 눈깔 뒤집히면 나가리요.

황 선장,
지난번에
이야기 나온 것
단도리 합시다.

그런디…
잠수하는 애랑
그런 것도 다
내가 줘야 허요?

홍기라고
순경 있지라?
갸도 얼마간
챙겨 줘야 할 거인디,
글면 내 손해가
막심이요.

좀 더 챙겨 주소!

에…
200만 원에
다 포함되는 걸로
이야기 끝냈습니다.

위에다
이야기 좀
잘 풀어 보소!
뭐 이리 빡빡하게
그요?

내 위에 없습니다.

내가
도장 찍으면
가는 겁니다.

어허~
그럼 우리 오관석 씨가
심 조까 써 주시면 될
거인디…

다시 이야기하지만
200만 원
큰돈입니다.

와따~
백 더 얹어 주믄
새색시모냥
하란 대로 다
헐 거구먼…

시다도
다 저희 쪽 애들이
맡지 않습니까?
황 선장은
머구리 돈만
챙겨 주면 돼요.

그게… 그런 것이
아니고요…

배도
구해야 허고…

배를 구해요?

어… 말씀드리기
뭣하지만서도…

내가 아버지 배로
일을 허는디…
나는 선장 면허가 없고요.
아버지 면허로 하고
있습니다.

예?

그란디…
그게 문제가
아니고…

거그… 해역은 어업을
겸하는 농가가 들고 나면서
주로 일하는 곳이라
내 배 같은 큰 배가 있으면
안돼요.

이건 또
무슨 이야기요?

에… 정확하게는
안 되는 게 아니라
해경의 눈길을 끌어 브니까…
먼 바다 나갈 배가
요래 앞바다에 있으니께
경찰은 신경 쓰이겠지요이?

그래서 거기 농민들이
허듯이 노 젓던 배에다
딸딸이(경운기) 엔진
얹어 가꼬 나가야
헌단 말이요.

그럼 우린
황 선장이 왜
필요한 겁니까?

거기에 우리 처조카가
살고 있어서
배를 구할 수 있당게.

그래서 그 돈을 달라?

말하고 난게 영 옹삭시러운 거는 있는디… 고것 조까 해결해 주소.

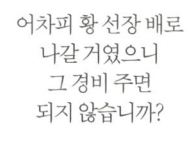

어차피 황 선장 배로 나갈 거였으니 그 경비 주면 되지 않습니까?

내 배는 나만 맘먹으면 나갈 수 있어도 그짝은 구워도 보고 삶아도 보고 해야 할 것 아니요.

시방 농사철이라 딸딸이 겁나 쓸 거인디 덜렁 엔진 떼 와 버리면 누가 좋아라 하겄소?

그건 황 선장이 처리합시다!

20만 원만 더 씁시다.

끄응

예~에~?

어머~
왜 그렇게 놀라실까…

진짜만
앞에 좀 두고
나머진
가짜로 해도
돼요.

아유~ 사모님.
대학 박물관에
그런 가짜
넣어 놓으면
망신 삽니다.

이봐요, 한 사장님.
박물관 세우면
누가 와서 볼 것 같아요?

덕수궁 가 봤어요?
전부 아이들이
와서 봐요~

그야 그렇지만…

덕수궁 석조전에
데이트하는 사람들이나
드나들지
누가 가냐고요.

우리나라
최고 박물관도 그런데
대학 박물관에
뭐 본다고 와요?

그게 그렇지 않고요…

천 회장님께서
건져 오는 대로
다 사 주시기로…

신문 보니까
벌써 몇천 개나
건져 올렸다면서요?

그럼 또
몇천 개 건져 오면
그거 다 사야 한단
말이에요?

아니~ 돈이란 게
예산이 있는 거고
그것에 맞게
쓰는 것이지~
건져 오는 대로
다 사다니요?

어지간한 양은
다 사 주실 거라고
믿고 있었습니다.

그리고,
내가 암만 배운 거 없는
년이라도 말이우,
박물관에 신안 그릇만
진열해 두면
그게 박물관이에요?

고려 때, 이조 시대 때, 일제 때…
그릇이며 그림이며 글이며
다 해 봐야 박물관이잖아요.

게다가 신안에서
건질 그릇이
우리 것도 아니고
중공 그릇이라면서요?

예… 예…

우리 것을 도굴해다
진시해야 의미 있지
왜 중공 것을
갖다 전시해요?

박물관에 오는 학생들이
뭘 보고 배우겠어요?

회장님께는
내가 이렇게 하자
말씀드렸으니
더 찔러보지 마요.

어떻게
하자고…

500 드릴 테니
그릇 종류별로
200개 받는 걸로.

500…에
200점이…요?

회장님…! 회장님!

주차장 들어가는 입구가 어디라고?

예, 저쪽 트럭이 내려가는 쪽입니다.

지관 선생이 봐 준 자리가 틀림없는 거지?

예, 직접 오셔서 말뚝 박고 가셨습니다.

회장님…

공구리 치기 전에 다시 확인하자고. 들고 나는 데가 풍수에서 제일 중요해…

알겠습니다, 회장님.

한 사장, 이리로…

내 집사람하고 얘기 끝난 걸로 아는데?

회장님, 끝난 게 다 뭡니까? 일이 다 도루묵 되게 생겼는데요. 처음 말씀과 너무 다르셔서 제 머릿속에 계산이 안 섭니다요.

처음 말과 다르다니?

회장님께서 다 사 주신다고… 얼마든지 캐 오라고 하셨잖습니까?

그래, 다 사 주지. 고까짓 거 얼마나 한다고.

그게… 그게… 보물급들이라서 값이 상당하거든요.

어허~
보물 할아비라도
그릇은 그릇이지.
금덩이라도
되는 것인가?

금덩이는
대도 못할
귀한 것들
입니다.

난 500만 원
딱 준비해 놓을 테니
흥정을 해 보세.

자네가 내 돈지갑을
정지(부엌)에
물 항아리마냥
막 퍼내도 된다고
생각한 게 아니라믄
턱없는 소릴 하진
않겠지.

무… 물론이지요,
회장님…

그럼 500에
몇 개 줄 수 있는지만
고민하시게.
난 박물관 한 층은
도자기로 꾸밀 생각이니.

아니, 이거 큰일 아닌가?

천 회장이 계획을 다 엎어 버렸어!

이런 젠장할. 경비로만 들어간 돈이 얼마인데…

내 말이 그거 아닌가!

이런 무식한 늙은이가…

이리 되면 천 회장만 보고 갈 수 없는 상황이 된 거다.

뭐 좋은 수라도 있는 거야?

야, 송가야. 너 정치하는 양반들 좀 알지 않니?

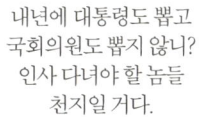

내년에 대통령도 뽑고
국회의원도 뽑지 않니?
인사 다녀야 할 놈들
천지일 거다.

옳거니.
계속해 봐.

개중에는
돈으로 안 되는
인간들이
있는 법인데.

그놈들 녹이는데
고미술만 한 게
없잖겠어?

그야 그렇지.
돈 받기엔
얼굴 부끄럽고
남우세스럽지.

도자기는
주는 놈 얼굴 세우기 좋고
받는 놈도 체면 챙길 수 있어
아주 좋거든.

종이(고서화)는
가볍고,
쇠(불상, 종)는
너무 무겁고,
그릇(도자기)이
딱이라.

야, 야,
그거 제법이다.
너 머릴 어찌
그리 잘 쓰니?

그런데 이 정치쪽은 가문 좋은 양반들이 많아서 식견이 좀 높아.

가짜로는 안 된다는 말이로구나.

그렇지. 그래서 진짜가 아니면 안 된다고.

그럼… 천 회장 쪽 물건을 정리해야 하지 않겠나?

내 말이 그 말이야.

담가 둔 그릇들은 다 천 회장 것이 되는 것이지.

눈썹은
어째서…

엄니가
밀어 버렸어라.

엄마가?
왜?

자꾸
서울 간다고
집 나가니께
못 가게 헌다고
이리 해 놨소.

왜 못 가게
하는데?

서울 돈 벌러 갔다가
아부지가 딴 살림
차려서 도망갔거든요.

아하~
그래서 서울은
쳐다보기도
싫은 거구나?

그래 가꼬 엄니가
일 다님서 배운 커피 기술로
다방을 여기에 열었는디
사람들이 커피 맛을
몰라라.

커피 맛
모를 수도 있어,
시골에선.

그래서 그런가,
손님은 외지 사람들이
거의 차지해요.

그란디 여기 일은
잘됩디여?

그냥저냥
하지, 뭐.
난 잘 몰라.

그 바다에서 꺼낸
도자기가
영판 값이
나가는갑소이~

나는
모르고
왔다니까.

그러믄 언제 올라가요?

딸깍

돈이 된께
왔겄죠이~

그릇 꺼내면 올라가겠지.
달포* 넘기려나… 모르겠네.
와 보니까
여기도 어수선하더라고.

그러믄 종종
놀러 오씨요.
서울 이야기
좀 들려줘요.

에이구~
나까지
눈썹 밀리라고?

겁나
웃기요이~

호호호호

까르르르르

까르르르

마치노 아카리가
도테모~
요코하마~

탁 탁

*한 달 조금 넘는 기간.

251

다 자셨소?
한 잔
더 드리까라?

아루이테모~
아루이테모~

부산서도
요래 드시오?
어찌요?

광주에서 온 놈,
부산에서 온 놈…
조심하고 다녀라.
어디서 만날지 몰라.

예.

괘안습니다. 많이 먹었어예.
부산서는 이래 많이
안 준다꼬.
알라 오줌맨키로 주지…

아… 시발…

어째 그요?

어…?

아… 이 가시나 말 받아
주다 헛소리해 버렸네.

기분 나쁜
일이라도 있소?

아… 아냐.

후타리노 세카이~
이쓰마데모~

서울 가고 싶지?

겁나 가고 싶지라이.

그럼… 나 좀 도와줄 수 있지?

돈 없어라~

돈은 내가 줄 거고… 저 가게 안에 부산에서 온 사람 있지?

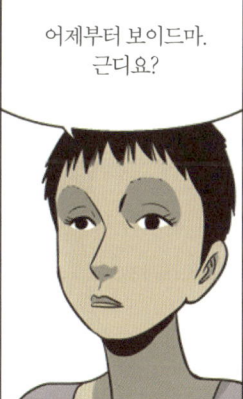

어제부터 보이드마. 근디요?

계속 여기 들르나 보고 뭐 하는지 말해 줘. 서울 데려가 줄게.

커피 마시러 자주 오께~ 친하게 지내자꼬.

예~

전 돼지고기가 좋아라~

바다낚시 좋아하나? 이 오라바이랑 낚시 가까?

돼지 머릿고기 먹으러 가까?

목살 구워 먹으러 가까?

가차운 섬에 목살 볶아 묵으러 가까?

늬 집 가서 묵까?

철···벽

지는 목살 좋아허요.

지는 뽂아 묵는 거 좋아허요.

지는 집에서 묵는 거 좋아허요.

디지고 잡소?

대따~ 대따~ 앞으로 친하게 지내자. 또 보재이~

저기 앞집 커피가 더 맛나요~

어쩌다 이 여자를
같은 편이라 생각했을까?

여자 후리고 다니다 보니
절로 모든 여자는
내 편이고…

딸랑

내 뜻대로 할 수 있다고

생각하는 거냐!
이 멍청한 자식아!

퍽

퍽

내가 생각해도
턱없는 판단이었다.

경상도 사투리를
듣는 순간 손쉽게
내 편 네 편을 갈라 버렸다.

미친놈…

어디 다방이냐?

시내 극장 옆…

미련한…
멍청한 새끼!

아가씨,
시외전화 한 통만 쓰자.

예~
저짝에 있어라.

예···
사장님 접니다.

일 빨리 시작해야
할 것 같습니다.

예··· 파리들이
꼬이고 있어서요.

그래서 경비를
보내 주셔야
겠습니다.

네?

그게 무슨
소립니까?

천 회장이 갑자기
지갑을 딱 단도리
쳐 가지고 열질 않아!

내가 볼 때
그 여시 같은 마누라 년이
수작질하고 있는 거 같은데…
어쩔 방법이 없네.

음…

전출이는 그 집에서
뭐 하던 친구요?

집안 비서같이
이것저것 했던
친구 같은데…
모르겠네.

알겠습니다.
일단 끊어요.

머리 예쁘네?

그런 말 마씨요.
어찌나 서울 간다고
난리인지
싹 밀어 부렀으니께.

위험해…
위험해…
바보 같은 자식!

저벅

저벅

서울 가서
송 사장
좀 만나고 와.

내일 바로요?

그래.
내일 첫차로
올라가.

만나서요?

도자기 몇 개
줄 거야.
그거 들고
천 회장을 만나.

그냥 도자기만
갖다주고 오면 돼요?

천 회장 마누라도
같이 보여 줘,
꼭.

이 도자기가 얼마나
대단하고 쓸모 있고
중요한지…

열과 성을 다해

몸 바쳐
설명하고 와.

석배,
혼자 할 수
있겠는가?

혼자 어렵긴 하죠.
거기 물속이
들어가면
뵈딜 안 혀요.

앞이 안 보이니께
발을 끄집고
간다고.

그러다 보면
작대기도 걸리고
폐그물도 걸리고
돌도 걸리고 그래.

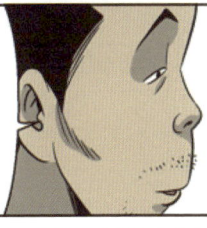

그라다가
딸깍하고
걸리는 소리가
들려.

그릇이 덜렁
하나 있는 게 아니고
여러 개 겹쳐 있으니께
소리가 나.
물속에선 소리가
여간 잘 들리지.

딸깍 소리가 들리믄 손으로 짚어 봐. 만져 본다고.

짚어 봐. 그릇인지 화병인지 불상인지 동전인지 알게 돼.

동전은 왜 들어 있댜~?

그때 우리한테 물건 사 가려던 양반 허는 소리가 동전이 괜히 있는 게 아니랴.

이 배가 그릇만 잔뜩 싣고 가니께 자리는 많이 차지하는디 무게를 맞추기가 쉽덜 안 혀.

그래서 배의 중심을 잡을 모양으로다가 동전을 실었다고 허기도 하고…

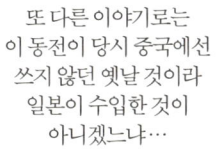

또 다른 이야기로는
이 동전이 당시 중국에선
쓰지 않던 옛날 것이라
일본이 수입한 것이
아니겠느냐…

수입해서
뭐 할라고?

일본 절에서
구리를
많이 썼는데…

구리를 직접 캐서
녹이고 지랄하는 것보다
중국 동전을 사다
녹여 쓰는 게
돈이 덜 들었다
그거여.

와따~ 니미.
돈으로 불상 맨들었구마잉.

어쨌거나
혼자 한다면 시간이
솔찬히 걸릴 것이고
그러면 문제가
시간을 오래 잡아
묵는다는 건디…

여기가 물이 금세 차가와져 가꼬 일 년에 자맥질을 얼마 못 해라~

시간이 없겠네. 얼마나 할 수 있습니까?

글씨요. 한 두어 달 남았을 것인디…

자맥질 한 번에 몇 개나 건지겠는가? 최대로…

그거야 장담 못 허고요. 자리를 제대로 잡았다 치고… 손이 두 갠게 한 번 올라올 때 두 개 아니겠소?

그물 가지고 내려가서 여러 개 담아 올라올 수는 없나요?

그라믄 나 디져 브러요.

하루에 자맥질 몇 번이나 가능하지?

스무 번 하고 나면 허리가 녹아요. 물이 겁나 무겁당게.

음…

하아…

잠수부 몇 더 구해야 하지 않겠습니까?

아녀, 그물 갖고 내려가서 석배가 담아 주면 위에서 땡기는 거지. 그러믄 되아.

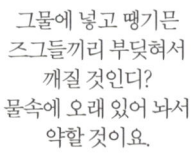
그물에 넣고 땡기믄
즈그들끼리 부딪혀서
깨질 것인디?
물속에 오래 있어 놔서
약할 것이요.

살살해야지.

그러지 말고
잠수부 몇 더
구해 봐요.

대가리 하나에
돈이 얼만디.
돈 줄라요?

...

처음엔
다 그물에
걸린 것들
아니냐고.
괜찮당게.

아니믄
줄에다 올가미를
여러 개 달아 가꼬
올리면 어찌요?

어,
그거 좋다!

왐마~
내가 일을
만들어 하고
있었구마잉.

이것이
신안서 나올
물건하고
가장 가까운
물건이다.

인사화방

언제 적
것이라고?

원나라 때.

어디서
구웠다고?

영천요…

용천요! 경덕진요!
주로 나오는 도자기는?

청자, 백자…

아이고…
깝깝하다.

천 회장 사모 만나서
어떻게 말할래?
다짜고짜
이 도자기 사 주시오~
할래?

저도 몰라요~
삼촌이
가라고 보내서
온 거라고요.

뭔 생각이었을까…
그 여시 같은 친구가…

엇!

턱

가만있어,
이 시키야!

옳지…
알겠다.

느 삼촌
머리가 맵네.

농사나 짓고사는
무지렁이인게
겁나게 하믄 안돼!

부우우우

말은 내가
할 것잉게
얌전히들
있자고이~

농사하는 사람은
딸딸이가 지 밥줄이라
앵간하면 튕길 것이요.
나한테만 맡기라고.

부우우우우

착아아아아

어이구~
명수 형님
오셨어라.

어이~ 요새 어쩐가?
잎집무늬마름병이
겁나 돈다는디,
농약 쳤는가?

벼멸구 약은 쳤는디 어찔란가 모르겄소~ 약이 있어야 치제라~
에헤이~ 지랄 맞네이~
상복이네 오신 게라?
어~ 그려. 집에 있을라나 모르겄네?
아침부터 딸딸이 고친다고 가서 여적 있을 것이오. 나사 하나가 빠가 나 버렸다고 하등마.
그려? 그라믄 논으로 가 보면 있겄네이? 수고하소.
눌러! 누르라고! 누르고 있으라고!
이짝서 쑤시고 들어가야 헌다고!
상복아! 상복아!

아니~
여긴 어짠 일로
오셨어라?

어~ 너 조까
볼라고 왔다.
딸딸이 고장 났나비?

미춰 버리겠당게요.
나사만 빠가 난 줄
알았더니 다른 데도
말썽이고…

어허~ 그려?
그럼 저거
영 못 쓰는 거여?

고치면 쓰지라.
고치기 애묵응게
그라지, 고치면
잘 나가요.

그려~ 그럼 되얐다.
너 나랑 이야기 좀 허자.
이리 와.

와따, 나
일하는디…

이것도 일잉께
얼른 와.

그런게
내 딸딸이 엔진하고
배가 필요하다
고것이요이~

타타타타타

그라지~ 값은
쳐줄 것이고.

어허~ 농사철에 때아닌
그물질허게 생겼소이~

자녠 농사지으면 되지.

배는 어쩌고요?

배는 내가 몰면 될
것이니까
자녠 농사를 지어.

내 배는
나만 몰아라우.

지랄…
니까정 올 필요는
없다고~

아부지가
마누라하고 배는
남한테 빌려주는 것이
아니랍디다.

옴마, 내가
남이냐, 시키야!
남이여?

배는 내가
몰 것이요.
성님은 성님
일이나 허쇼.

배를 모는 게
내 일이라꼬!

그라믄 형님은 쉬쇼.
술집 가서 가이내(여자)랑
노시등가요.

뭐여~
시방 이거시…!

나도 물질(잠수)은
할 줄 알아요…

'이 그릇이 뭐냐 물으시면 신안에서 꺼낸 물건이라고 해.'
'이 그릇이 얼마나 나가냐 하시면 부르는 게 값이라고 해.'
'이 그릇을 왜 들고 왔느냐 묻거든 보여 드리고 오랬다고 해.'

'이야기를 건네시면 꼭 눈을 맞추고 이야기해.'
'가기 전에 골마리(허리춤)에 신문지 좀 쑤셔 넣어라.'

누구세요?

사모님께
드릴 물건이
있어서
왔는데요…

사모님 안 계세요.
이리 주세요.

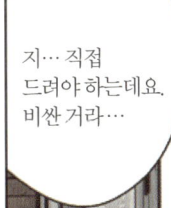

지… 직접
드려야 하는데요.
비싼 거라…

그럼 들어와서
기다리시든지요.

정씨 아저씨~
손님 오셨어요.

누군데?

몰라요.
사모님 드릴 물건
있대요.

희동이는
어디 갔습니까?

어, 서울에
심부름 보냈어.

그리고 보니 전출이,
서울 천 회장
사모님 말이야…

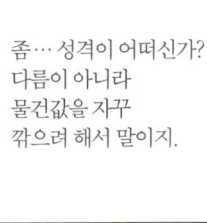

좀… 성격이 어떠신가?
다름이 아니라
물건값을 자꾸
깎으려 해서 말이지.

아…
사모님이요…

뭐…
평소 성격이나
그런 거 말이야.

자네도 봐서
알겠지만
여기 일이
쉽지 않잖아.

글쎄요…

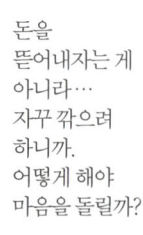

돈을
뜯어내자는 게
아니라…
자꾸 깎으려
하니까.
어떻게 해야
마음을 돌릴까?

글쎄요…

허 허 허

그 양반 유일한 낙이
돈 만지는 건데…
천 회장도 그 양반
돈 놀리는 거 보고
들어앉힌 거고요.

어허~
노인네랑 사는 양반,
젊은 총각
붙여 줄 수도 없는
노릇이고…

허 허 허

에헤이~

늙은이가 젊은 마누라
혼자 두겠소?
들개 같은 사내놈 셋이
꽁지처럼 따라다니는데.

누가 왔다고?

목간 다녀오셨어요?
예, 누가 뭐
드린다고…

철컹

안녕하세요…

어~
너 오래만이다?

송 사장님 심부름
왔습니다.

무슨 심부름?

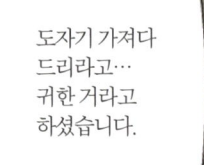

도자기 가져다
드리라고…
귀한 거라고
하셨습니다.

어머,
벌써 그릇 캤니?

아뇨.
그런 건 아니구요
귀한 도자기라
선물로 드리는…

선물?
그 양반 한가하시네.

지이이익

내가 알기론
나한테 선물이나
하고 있을
상황이
아니실 텐데…

아… 네…

선물이 진짜…
선물인가…?

네?

벗겨!

예!

어?

어?

어?

이게 그렇게
비싼 거야?
비싸 보이니?

꽃 꽂아 봐야
이쁜 줄
알겠는데요…

아! 봐요!
봐!

송 사장님한테
가서 전해.
선물 잘
받았다고.

예…

내가 누군지
찔러보는
모양인데…

선물이 과하면
받고 입 닫는
성격이
아니라서

나도 근사한 선물을
보낼지 모른다고
말씀드려.

알았으면
'네.'라고 해.

네.

눈 하나 깜빡 안 하고
무심하게 날 발가벗겨 버렸다.

송 사장의 의도를
다 파악하고 있었고.

내가 왜 왔는지

내가 어떤 놈이란 것까지
알고 있었을까…?

무서운 아줌마다…
이렇게 무서운 여자는 처음이다…
어서 빨리 이곳을 벗어나고 싶었다.

저벅
저벅

아저씨!

이거 가져가시래요,
보자기.

예…

끝까지 모욕을…

이런 지옥에
날 밀어 넣은...

삼촌의 계획은...

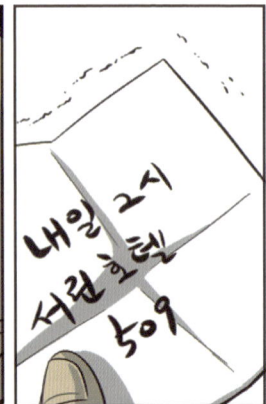

어디까지였을까...?

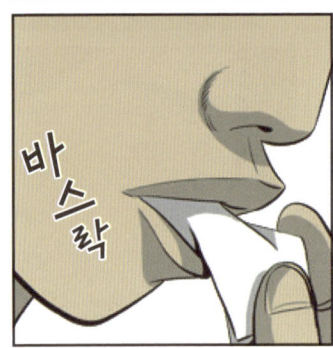

으쓱

으쓱

사람을 뭘로 보고.
저깟 도자기 하나 보내면
다 해결될 줄 아나 봐.

나 내일
계모임 간다.

예.
몇 시에…

백화점도 들를 거라
좀 일찍 나갈 건데
가회동 사모님이랑
움직일 테니
안 따라와도 돼.

그 근처에
있겠습니다.

회장님과 가장 가까운
회장님 사모님이셔!

예…

사모님
불편하게 할 거야?

그래도…

혼자 나왔지?

아휴~
떼기 힘들었어요.

언니, 그럼 이따 봐요~

그래~
우리 사우나하고
명동 중식당에서
밥 먹은 거다.

덴푸라하고 전가복.
알았지, 언니?

아… 안녕하세요?

선물… 맞지?

철컥

사랑해 줘…

평범하게…

너네 연애하는 것처럼.

'이러실 거면
저 욕보이지 않아도
됐잖아요.'

509

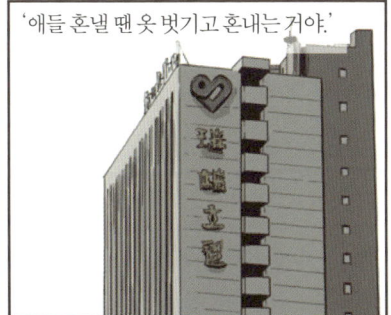

'애들 혼낼 땐 옷 벗기고 혼내는 거야.'

'천 회장은 내가 송 사장 혼낸 걸로 생각할 거야.'

'천 회장한테서 널 지워 줬으니…'

'입 다물고… 사랑이나 해 줘…'

여기…
증도 앞에
배를 대야 허는디
물살이 빨라서
어쩔랑가
모르겠소이.

배가 쪼매난 게
파도에
겁나 영향을
받아 버려.

일단 목포에서
짐을 싸 가지고
증도로 들어가세.
거기서 때를 봐서
가야 할 거구먼.

아… 그런디
목측은
진짜 자신 없는디…

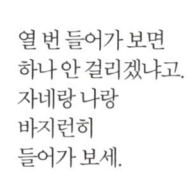

열 번 들어가 보면
하나 안 걸리겠냐고.
자네랑 나랑
바지런히
들어가 보세.

근데 진짜로
들어갈 수 있겠소?
해수욕하듯이 허는 게
아니라고요.

이 친구야,
나도 한평생을
물에서만 살았어.

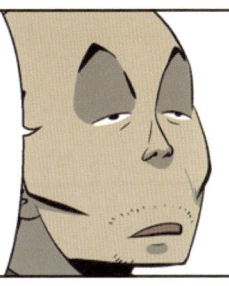

잘못하믄
디져 브러요.
압력 잘못 받으면
귀도 나가 불고
속에 공기 차면…

와따…
내가 들어간다고
안 허냐!
뭐 이래
시끄럽게 굴어!

이야기 들어 보면
쉬운 일이
아닌 듯한데,
진짜 할 수 있겠소?

안다고!
할 줄 안다고!

넌 닥치고 장소나
똑바로 기억해 내!

벌 떡

어,
니들
어디 가냐?

일하러 가지요,
형님~

니들이 뭔 일을 혀?

형님이
일 안 주니께!
우리도 먹고는
살아야죠.

서운합니다, 형님.
우리 챙겨 주실 줄
알았는디
요래 버려 브요~

야~ 야~
지랄들 말어.
내 목구녕이 포도청이다.
니미~

옴마!
뭔 일 있소?
서울 놈들
수작 부렸소?

그거는 아니고…
하여간 깝깝하게
되얏다.

저런…
개아들노무
시키들이…

하이고~
우리 형님
욕보시네~
그라믄 큰돈
만지씨요잉~

아짐,
물속에 들어갈라믄
얼매나 숨을
참으면 될까?

숨 참아 가지고
물에 들어가시게?
선장님은
바닥에 닿고
올라오다
디져 브러요.

나 숨 겁나
오래 참어~

그렇게 겁나 참다
디져 브러요.
바닥 찍기도 전에
디져 블 수도 있고.

잠수통 달고
들어가믄?

얼마치나
들어가실라고?

한 40메다는
들어가야
헐 것인디?

그라믄
납덩이 20키로 메고
내려가다 디져요.

아무나 허는 것이
아녀요.
우리가 허니께
만만허지라이~?

전화…
오래 쓰십니까?

어~ 광주 일
쪼까 봐야 해서
좀 걸리겄는디?

저벅
저벅

저벅
저벅

턱

스윽

저벅

저벅

조청…?
저것들과 붙었나?

뭐요?

아니~
그놈 시키들이
돌았나!
내 밥그릇을
차 버릴라고 허네?

이럴 게 아니라
오늘 밤
일단 나가 봅시다!
자리라도 확인해 보자고!

네미~
써글 노무 새키들이…

산소통 챙겨서
나와!
알았지!

증도로 가서
배 갈아타야 하니까
빨리 움직입시다!

빵~

빵

부
우
우
웅

망했다…

애송이!

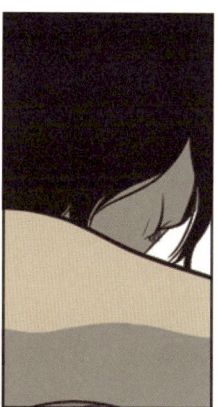

철컥

다음엔
공부해서 와!

오늘 잠수할 수 있겠는가?

오늘은 사리라서 어려울 거라네!

자, 석배! 목측하러 가자고. 기억을 살려 봐! 알았지?

그… 그럼 오늘은 물에 안 들어가도 되는 거지요?

산소땡크도 아직 준비 못 했어요. 오늘은 안 돼요~

자리만 보고 옵시다. 밤새 돌아도 좋으니… 꼭 찾아봐요!

니미~ 가 보면 알겠지요.
가 봅시다.

저벅
저벅
저벅

통통통통통

촤아아아아

그놈 시키들이
조청한테 확 붙어 버릴지
누가 알았겠냐고!

통통통통통

이 일만 끝나면
아조 잘근잘근
조져 놓을 것이구마잉.

와따, 파도 씨다!
높네이~

도토토토토
토토토

촤아아아 아 아

물에 들어가도
떠내려가 불겠네!

와따… 쫌만 더
가 봅시다이.
도덕도가 이짝으로
더 보였던 것
같은디…

촤아아

잘 봐 봐~

어?
뭔 소리여?

뭔 배가
또 오는가?

도토토토토

뭐… 뭐여?

부산 김 교수!

차아아 아아아···

어이~
석배 형~
거기 아닌디~

스윽 …

복근이…!

감빵에 있는 놈이
여긴 어쩐 일이야!

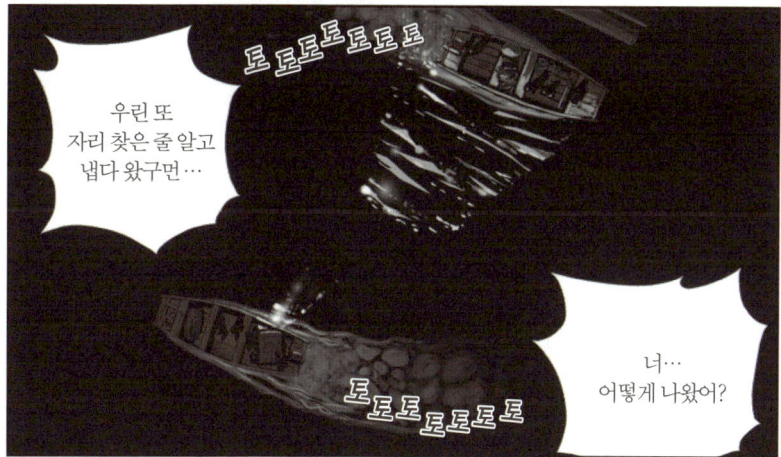

토 토토토토토토

우린 또
자리 찾은 줄 알고
냅다 왔구먼…

토 토 토 토토토토

너…
어떻게 나왔어?

뭐… 뭐여?

쉿! 조용히 해!

자… 뭐이냐고? 장소야 복근이가 알 테고…

우린 님이나 구경하다 뽕 따면 되는 거네?

어허~ 추잡기로 이기 뭐꼬?

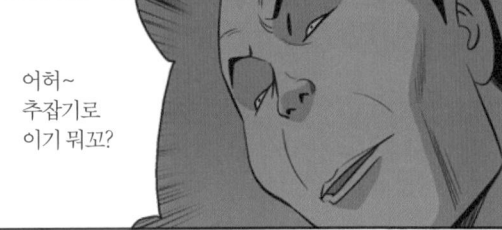

어허~ 바다가 지 꺼여? 추잡시럽기는 뭐가 추잡혀?

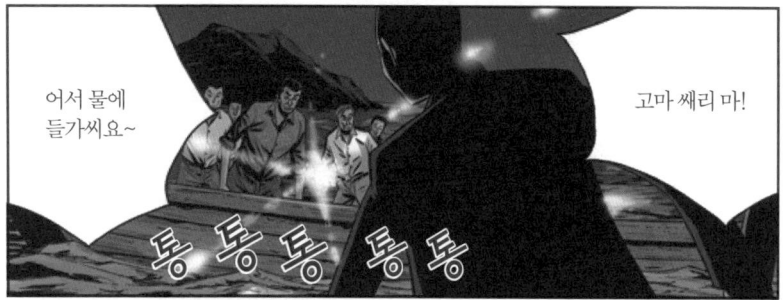

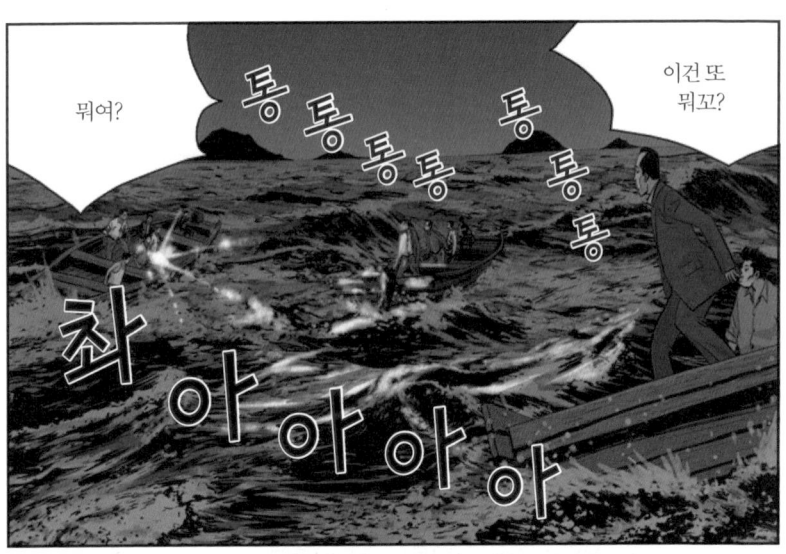

*바다 위에서 열리는 생선 시장.

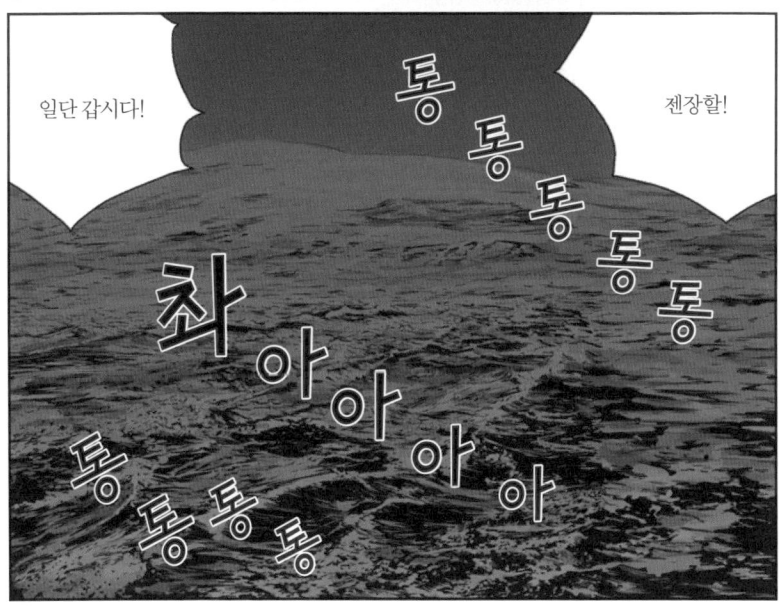

석배야, 일단 느그 집으로 가자.

예.

토토 토토···

저벅 저벅

저벅 저벅

술이 좀 있을 거요~

뭔 좋을 일 있다고 술을 묵냐?

요 봐라~ 어데까지 들가노?

저벅

끼대 오소! 잡아묵소? 누가.

저벅

호랑이 굴에 끌려가도 정신만 차리면 산다 캤는데···

여기는 군둥네가 쩔어 가꼬 정신도 못 차리겠다.

저벅

저벅

홀짝을 맞히건,
삼봉을 하건,
육백을 하건…

이긴 양반 맘대로
순서 잡고 합시다.

만다 그라노?

우리가 자리를 아니까
그짝 물질할 사람
빌라 주면 안 좋겠나?
거저 아이고, 돈은 줄 끼고.

어허~ 다들 각자
사업하러 왔는디
요래 시다바리로
취급허믄 곤란허지~

자리 알아내는 거야,
우리가 밤낮없이
방축리 앞바다
지키고 있으면
언제가는 알 것이고.

어험…

험…

큼큼…

저벽　　저벽

어?　늦었소이?

철컥

벌써 닫나?

벌써 아니고요.
한밤이구만요.

에이~

어찌까?

서울 다녀오셨소?

뭐… 일 좀 보느라…

겁나 바쁘요이~
좋겠다.
서울도 훅 허니 다녀오고.

'다음엔 공부해서 와.'

저기… 선자야.

예?

음…
너 말이야…

음…
그러니까…

저 벽
저 벽

저 벽
저 벽

저 벽

부산서
온 양반 말이요.

어?

권총이
있던디요?

2권에 계속

파인 1

1판 1쇄 발행 2014년 11월 27일
2판 1쇄 발행 2025년 7월 23일
2판 2쇄 발행 2025년 8월 27일

지은이 윤태호
펴낸이 김영곤 **펴낸곳** ㈜북이십일 더오리진
인생명강팀장 윤서진 **인생명강팀** 박강민 유현기 심세미 황보주향 이현지
외주편집 손영민
디자인 여백커뮤니케이션
마케팅 이수진 이현주
영업팀 정지은 한충희 장철용 남정한 강경남 황성진 김도연 이민재
제작팀 이영민 권경민

출판등록 2000년 5월 6일 제406-2003-061호
주소 (우10881) 경기도 파주시 회동길 201(문발동)
대표전화 031-955-2100 **이메일** book21@book21.co.kr

ISBN 979-11-7357-353-8 04810 (1권)
ISBN 979-11-7357-352-1 04810(세트)